青春ブタ野郎はシスコンアイドルの夢を見ない

鴨志田一
イラスト♪溝口ケージ

その日、梓川咲太《あずさがわさくた》は、
——またか
と、思った。

第一章

シスターパニック

1

連続して焚《た》かれるフラッシュの光がＴＶ画面を白く染め上げる。

「このたびは、お騒《さわ》がせして申し訳ありませんでした」

若手男性モデルとの不倫《ふりん》が発覚した元アイドルの既婚《きこん》女性が深々と頭を下げた。

しばしの沈黙《ちんもく》。たっぷりと十秒間。

ようやく彼女が面《おもて》を上げると、再び攻撃的《こうげきてき》なシャッター音とフラッシュが容赦《ようしゃ》なく彼女の小さな体を責め続けた。

ぼんやりとその様子を眺《なが》めていた梓川咲太《あずさがわさくた》は、「芸能人って大変だあ」と思った。

きっと、日本全国をめぐれば、不倫や浮気《うわき》をしている人間はごまんといる。けれど、彼らは全国ネットのＴＶ番組で自らの恥《はじ》を晒《さら》されるわけではない。「超肉食系だ」、「ビッチだ」、「性欲モンスターだ」と言葉の石を投げつけられるわけでもない。

まともに、カメラも見られずに、彼女が記者の質問にたどたどしく答えている。その終わりに、「このたびは、お騒がせして、本当に申し訳ありませんでした」と繰《く》り返《かえ》し頭を下げていた。

どうやら、世間とは騒がせてはいけないものらしい。

だが、記者会見場に入り切らないほどの芸能記者とカメラが集まっているところを見ると、実はこの騒ぎをみんな喜んでいるのではないだろうか。だったら、その身を犠牲《ぎせい》にして、吊《つ》るし上《あ》げのショーを提供してくれている彼女に、記者たちは感謝するべきだ。

彼女が謝罪すべきなのは、自身の旦那《だんな》さんと、降板《こうばん》することになり迷惑《めいわく》をかけた番組の共演者や事務所の人間……あとは、純粋《じゅんすい》なファンに対してで十分な気がする。「世間って誰《だれ》のことだよ」の世間に頭を下げたところで、どうせ誰にも謝罪は響《ひび》かない。

なんであれ、咲太にとってはどうでもいい話だ。会ったこともない芸能人が誰と付き合おうと、誰と不倫しようと知ったことではない。

正直、三十歳を目前に控《ひか》えた元アイドルの末路を心配している場合でもなかった。

もっと他に心配すべきことがある。

今、咲太がいるのは、ひとつ年上の恋人である桜島麻衣《さくらじままい》の家。十階建てのマンションの九階であり、そのリビングである。

綺麗《きれい》に片付いた床を、先ほどからお掃除《そうじ》ロボットが行き来していた。なんとも健気な働きぶりだ。その様子を、咲太はソファの上から見守っていた。

正面には咲太と向き合う形で、麻衣もソファに座っている。一瞬《いっしゅん》、目が合ったが、咲太は何も言わずに横へと逸《そ》らした。別に照れくさかったわけではない。目を逸らした先にはもうひとりいて、その人物に聞きたいことがあったのだ。

咲太の隣《となり》に座っているのは、金色の髪《かみ》が眩《まぶ》しい咲太と同い年の少女。

「んで、麻衣《まい》さん、これは一体どういうこと？」

咲太《さくた》はその金髪《きんぱつ》の少女に向けて、質問の言葉をかけた。麻衣がいるのは『正面』なのに、だ。

不自然な咲太の行動に、麻衣も金髪の少女も疑問を挟《はさ》まない。それどころか、咲太が「麻衣さん」と呼びかけた金髪の少女は、

「だから、私とこの子で体が入《い》れ替《か》わってるのよ」

と、まるで麻衣のような口調で答えた。

どうしてこんな状況《じょうきょう》に咲太が置かれているのか。それを知るには、少し時間を巻《ま》き戻《もど》す必要がある。


この日……九月一日の月曜日。約四十日もあった夏休みが終わり、二学期のはじまりを告げる始業式の当日。咲太は麻衣に会えるのを楽しみに学校へ出かけた。

長期休暇《きゅうか》の間、芸能活動を再開した麻衣は多忙《たぼう》を極めており、殆《ほとん》ど会えなかったのだ。

その上、事務所からはデート禁止令を出されてしまい、許されたわずかな時間ですら、彼氏彼女らしい夏のイベントをふたりで過ごすことは叶《かな》わなかった。

麻衣の水着姿を拝《おが》む前に、こうして二学期が到来《とうらい》している始末。

楽しいはずの夏休みは、そんな有様だったので、

「二学期になれば、学校で普通《ふつう》に会えるから」

と、麻衣に言われて、咲太は生まれてはじめて九月一日が来ることを歓迎《かんげい》した。昨日の夜には、「明日学校でね」と、電話をもらっている。

だが、いざ登校してみると、始業式の列の中に麻衣の姿はなかった。HRのあとに三年一組の教室を覗《のぞ》いてみたが、やはり、麻衣は見当たらなかった。

鞄《かばん》もなく、学校に来ている気配すらなかったので、咲太は諦《あきら》めて帰ることにした。

ひとり寂《さび》しく、住んでいるマンションの前まで戻ってくると、丁度そのタイミングで真向かいのマンションから誰《だれ》かが出てきた。それが麻衣だった。

当然、喜んで声をかけたのだが、麻衣から返ってきたのは意外な返事と反応だった。

「あんた、誰？」

肩《かた》に置いた手は振《ふ》り払《はら》われて、訝《いぶか》しげな視線を向けられる。

「あんたは誰って聞いてんの」

ストレートで攻撃的《こうげきてき》な口調は、常に年上の余裕《よゆう》を覗かせている麻衣らしくなかった。

「ご存知、僕《ぼく》は麻衣さんと清いお付き合いをさせてもらっている梓川《あずさがわ》咲太ですけど」

「はあ？　こんな目の死んだ男がお姉ちゃんの彼氏なわけあるかっつーの」

その小馬鹿にした態度が決定的だった。

見た目は確かに麻衣なのだが、口調や態度はまるで別人だ。違和感《いわかん》があるなんてものではない。

「お前こそ、誰《だれ》なんだよ」

気持ちをそのまま吐《は》き出《だ》した疑問。それに答えてくれたのは、目の前にいる麻衣《まい》ではなかった。

「その子は、豊浜《とよはま》のどか」

背後から聞こえた声に振《ふ》り返《かえ》る。麻衣が住むマンションのガラスドアが開いて、ひとりの少女が出てきたところだった。

真っ直ぐ歩いて、咲太《さくた》の側まで近づいてくる。

咲太の目が最初に向かったのは彼女の頭髪《とうはつ》。見事な金髪《きんぱつ》だ。それを夜の蝶《ちょう》のお姉様方のように、頭の左側だけ結わってアップにしている。ボリューム感のある派手な髪型《かみがた》。目元ぱっちりのメイクと合わせて、いかにも遊んでいそうな印象を外見からは受けた。

身長は160センチに届かない程度。女子としては平均的だが、長身の麻衣と並ぶと小さく見える。

体型はとてもスリムで、同世代の女子から羨《うらや》ましがられそうな感じ。男の視点から見ると、少し細すぎる気もするが、何か運動でもしているのか、華奢《きゃしゃ》で弱々しいという雰囲気《ふんいき》ではなかった。ただ細いのではなく、ショートパンツから覗《のぞ》く生足は、健康的に程よく引《ひ》き締《し》まっている。

「豊浜のどか？」

反芻《はんすう》したその名前を咲太は知っている気がした。というか、突然《とつぜん》現れた金髪の少女に、見覚えがある気がした。

どこで見たのだろうか。

まじまじと見つめていると、答えが頭にぽんっと思《おも》い浮《う》かんだ。

「あれか」

漫画雑誌の表紙だ。なんとなく捨てるタイミングを逃《のが》して、部屋に放置されている数ヵ月前の少年誌。

表紙を飾《かざ》っていたのは売り出し中のアイドルグループで、名前は『スイートバレット』と言っただろうか。そのメンバーのひとりが、目の前にいる金髪の彼女……豊浜のどかだったはずだ。

わざわざ覚えていたのは、彼女のプロフィールが目を引いたから。『好きなもの』の項目《こうもく》に『桜島《さくらじま》麻衣さん』と書いていたので、咲太は勝手に親近感を抱《いだ》いていた。

「いや、豊浜のどかさんは、そっちでしょ」

咲太は金髪の少女を指差して、言葉を返した。

「人を指差さないの」

のどかは咲太の指を掴《つか》むと、さっと下に下ろしてしまう。

「……」

なんだろうか。今の言い方といい、咲太《さくた》に対する態度といい……。はじめて接する相手なのに、よく知っている距離感《きょりかん》だ。言うなれば、まるで麻衣《まい》のようで……。

「今は私が桜島《さくらじま》麻衣なの」

金髪《きんぱつ》の少女が、はっきりとした口調で麻衣だと主張してくる。

「で、あっちがのどか」

今度は『麻衣』を指差して、『豊浜《とよはま》のどか』だと言い出す。説明された内容は理解できるが、すんなり受け入れられるかは別の問題だ。

「思春期症候群《しょうこうぐん》だと思う」

難しい顔をした咲太の耳元に、金髪の少女が背伸びをして囁《ささや》いてきた。声も姿も違《ちが》うが、麻衣を連想させる特別な単語が鼓膜《こまく》と脳を刺激《しげき》する。

普通《ふつう》だったら、思春期症候群などという不可思議な現象を人は信じない。そんな眉唾《まゆつば》ものの事象はただの都市伝説だと言って笑い飛ばす。信じている人がいるとすれば、それを過去に体験した人間だけだろう。

「私が消えそうになっていたときとは、だいぶ違うみたいだけどね」

念《おし》を押すように、金髪の少女が呟《つぶや》いた。決定的な一言。麻衣が人々の記憶《きおく》からも、存在していた事実すらも消えそうになっていた春の出来事。それを知っているのは、咲太と麻衣……それと、相談に乗ってもらった友人の双葉理央《ふたばりお》だけのはずだ。

「ほんとに、麻衣さんなんだ」

「だから、そう言ってるでしょ」

呆《あき》れながらも、金髪の少女が柔《やわ》らかく微笑《ほほえ》む。その表情は確かに咲太のよく知る麻衣のものだった。見間違《みまちが》えるはずのない大好きな笑顔。

「のどかも一度部屋に戻《もど》りなさい。これ、夢じゃないのよ」

「は？　そんなわけないじゃん」

「それがあるのよ」

「あたしがお姉ちゃんになって、お姉ちゃんがあたしになってるのに？」

言いながら、麻衣の姿をしたのどかは、ガラスドアを鏡の代わりにして自らの姿を映していた。手で顔や体をぺたぺたと触《さわ》っている。

「いやいや、こんなの絶対に夢だって」

「体の感覚は、こんなにはっきりしてるのに？」

「……」

「本当に夢じゃないのよ。夢みたいだけど」

「嘘《うそ》……だって、夢じゃなかったら……」

麻衣の姿をしたのどかが、わなわなと唇《くちびる》を震《ふる》わせている。何か言おうとしているが、すぐには次の言葉は続かない。音になっていない。声になっていない。彼女は現実を否定するように、何度も首を左右に動かしていた。その最後に、ようやく小さな声を絞《しぼ》り出《だ》した。

「そんなの……困る……」

信じられないような現実が彼女に言わせたのは、そんな飾《かざ》り気《け》のない本心だった。人間、本当に困ったときは、だいたいこんなものである。


その後、詳《くわ》しい話を聞くために、咲太《さくた》は麻衣《まい》の家にお邪魔《じゃま》することになった。

一階で待っていたエレベーターで九階へ。その角部屋が麻衣のお住まいだった。

南向きで陽当たりは良好。ひとりで生活するには広い3LDKの間取り。そのリビングに咲太は通された。

おしゃれなアイランドキッチンを構えた開放的な空間。ソファに、テーブル、TVの棚《たな》といった最低限の家具が並び、それらは落ち着きのあるウッドカラーで統一されている。そんなリビングの床を、UFOみたいなロボットがせっせとお掃除《そうじ》していた。

「麻衣さん、ここ、家賃いくら?」

「タダ」

「は?」

「買ったの」

「あ〜」

納得の声がもれる。

麻衣は子役時代から芸能界で活躍《かつやく》している超有名人。国民的知名度を誇《ほこ》り、映画、ドラマ、CMと大活躍をしてきた。マンションを買えてもおかしくはない。

「感想はそれだけ？」

麻衣が意外そうな目を向けてくる。

「部屋に上げたらもっと喜ぶと思ったのに」

「麻衣さんとふたりきりだったら、とっくに寝室《しんしつ》に突撃《とつげき》してました」

「真顔でバカ言わないの」

「だって本心ですもん」

「適当に、座ってて。お茶を用意するから」

それ以上は構ってくれず、麻衣は冷蔵庫を開けていた。

仕方がないので、大人しくソファに着席する。少し遅《おく》れて麻衣も……いや、麻衣の姿をしたのどかも、咲太の正面のソファに腰《こし》を下ろした。

「……」

そののどかは、自分の身に降りかかった出来事を、まだ受け止めきれていない様子だ。ガラスのテーブルに映った自らの姿を、信じられないという顔で見つめている。

「……」

今はそっとしておいた方がいいだろう。

沈黙《ちんもく》を埋《う》めるために、咲太《さくた》はTVのリモコンに手を伸ばした。画面に映し出されたのは情報番組。不倫《ふりん》した元アイドルの謝罪会見をしつこく報じていた。

しばらくTVを見ていると、グラスを三つお盆《ぼん》に載《の》せて麻衣《まい》が戻《もど》ってきた。金髪《きんぱつ》イケイケ女子の姿をしている麻衣だ。

テーブルの上に麦茶が三つ並ぶ。そのあとで、麻衣は迷わずに咲太の隣《となり》に座ってきた。見た目は違《ちが》うが、この距離感《きょりかん》は確かに麻衣のものだ。

「んで、麻衣さん、これは一体どういうこと？」

「だから、私とこの子で体が入《い》れ替《か》わってるのよ」

再び、麻衣とのどかを見比べる。この場合、『麻衣の体』と『のどかの体』をだ。

「ま、それは受け入れるとして……」

これを呑《の》み込《こ》まないことには話が前に進まない。

「豊浜《とよはま》のどかさんと、麻衣さんはどういう関係なんですか？」

麻衣は「のどか」と名前で呼んでいるし、のどかは麻衣のことを「お姉ちゃん」と言っていた。だから、答えを推測するのは簡単だ。そして、その推測は恐《おそ》らく正しい。だが、状況《じょうきょう》が状況なので、はっきり確認しておくべきだと咲太は判断した。

「前に話したことあるでしょ？　母親違いの妹がいるって」

「ええ、まあ」

離婚《りこん》した麻衣《まい》の父親が、再婚して築いた家庭で授《さず》かった娘さん……ということだ。麻衣と父親は同じだけど、母親は違《ちが》っている。

ただ、その話を聞いた当時は、まさかこんなに大きな妹だとは思わなかった。前に見た豊浜《とよはま》のどかのプロフィールを信じるなら高校二年生のはず。咲太《さくた》と同い年だ。つまり、麻衣とはひとつしか学年が違わない。

「私の母親とは、私がお腹にいるときから揉《も》めてたらしいしね」

思ったことが顔に出ていたのか、麻衣が先回りをして教えてくれた。

「で、その豊浜のどかさんがどうしてここに？」

「昨日、夜遅《おそ》くに突然《とつぜん》訪ねてきたの」

「遅くって？」

「十二時過ぎかな」

「なんでまた」

「家に帰りたくなかったんだって」

「ふーん」

それとなくのどかに視線を向ける。相変わらず、ガラスのテーブルに映った自分の顔を見つめている。「嘘《うそ》でしょ……」とか言いながら、頭を抱《かか》えていた。

本当のところを本人の口から聞こうと思ったが、この様子ではまだ無理そうだ。

「この状況《じょうきょう》……どうするんですか？」

仕方がないので、咲太は麻衣にそう質問した。

「元《もと》に戻る方法は考えないといけないけど、すぐには戻らない前提でいた方がいいわよね」

以前、思春期症候群《しょうこうぐん》を経験しているだけに麻衣は冷静だ。

「ま、そうですね」

どうすれば戻るのか、いつ戻るのか、今は何もわかっていない。なんで、こうなってしまったのかも含《ふく》めて、すべてはこれからという状況。
二、三日なら学校を休んでもいいが、長期間となるとそうはいかない。休みが続けば、学校側も様子を見に来るとかするはずだ。
だから、麻衣の言った通りで、しばらくは体が入《い》れ替《か》わったまま……麻衣はのどかとして、のどかは麻衣として、これからの日々を過ごす覚悟《かくご》でいた方がいい。

その上で、元に戻る方法を模索《もさく》していく必要がある。

「あのさ」

咲太が声をかけると、のどかは目線だけ上げた。麻衣がやらない仕草。だから、見た目は『桜島《さくらじま》麻衣』なのに、咲太は強烈《きょうれつ》な違和感《いわかん》を覚えた。

「なに？」

声は麻衣《まい》のもの。だけど、しゃべり方は違《ちが》う。どこか警戒《けいかい》した口調にはトゲがある。本当の麻衣の話し方には、もっと余裕《よゆう》があるのだ。

「なんか心当たりは？」

ストレートに咲太《さくた》はのどかに尋《たず》ねた。

「心当たりって……」

「そりゃ、僕《ぼく》の麻衣さんと体が入《い》れ替《か》わった心当たり」

「誰《だれ》が『僕の麻衣さん』よ」

むぎゅっと横から頬《ほお》をつねられた。見た目は金髪《きんぱつ》少女になっているが、この感触《かんしょく》は間違《まちが》いなく麻衣だ。心がなごむ。

「心当たりなんてない」

「そっか」

期待していたわけではないので、特別落胆《らくたん》もなかった。

「てか、ちょっと待って」

「ん？」

咲太と一緒《いっしょ》に、麻衣も目で「なに？」とのどかに聞いている。

「なんで、ふたりはそんなに冷静？」

咲太に向けられていたのどかの視線は、意見を求めるように麻衣へと向かう。麻衣とのどか

の目が合った。すると、のどかは、「あ」と声を上げたかと思うと、

「……冷静なんですか」

と、麻衣にだけ敬語で言い直した。思い出したように姿勢も正して、かしこまった空気を作っている。その表情には、緊張《きんちょう》が張り付いていた。

「のどかの言っている意味がわからないんだけど」

普段《ふだん》の調子で麻衣がそう言葉を返す。

「だ、だってですよ？　こんな体が入れ替わるとか！　絶対！　完全！　完璧《かんぺき》におかしいじゃないですか！」

「そうね」

のどかの言葉に納得するようなことを言いながらも、麻衣の冷静さは崩《くず》れない。何の問題もなさそうな顔で、グラスの麦茶に口をつけている。

「……」

そんな麻衣の態度に、のどかは目をぱちくりさせていた。

「って、それだけですか？」

「うん」

「うんって、お姉……麻衣さんはいいんですか!?」

「いいも悪いも、現にこうなってるんだから仕方ないでしょ。元《もと》に戻る方法がわからないんだ

し、当面どうしていくかを考えるしかないじゃない」

「それは……そうですけど……」

「こんなおかしな状況《じょうきょう》、誰《だれ》かに相談してもどうせ信じてもらえないわよ。仮に信じてもらえても、メディアにいいようにされて、飽《あ》きたら捨てられるだけ。のどかだって、そんなのは嫌《いや》でしょ？」

「……はい」

「だから、元に戻《もど》るまで、私はのどかとして、のどかは私として生活するしかない」

「……」

「私、変なこと言ってる？」

「……いえ、言ってません」

目も合わせられない様子で、のどかは俯《うつむ》いていた。中身は違《ちが》うのだが、しょんぼりしている麻衣《まい》の姿というのは貴重だ。記念に写真を一枚撮《と》りたい。だが、残念なことに、スマホやケータイを持っていない咲太《さくた》の手元には、肝心《かんじん》のカメラがなかった。

「それじゃあ、スケジュールの確認をしましょうか。今、手帳持ってくるから」

ソファから麻衣が立ち上がる。

「あ、ちょっと待ってお姉……ま、麻衣さん」

「……なに？」

二度目の言い直しに、麻衣は何か思うところがあったようだが、あえてその件には触《ふ》れないでおくことにしたようだ。途中《とちゅう》から敬語になった件についても、完全にスルーしている。妹のしたいようにさせておこうという判断らしい。気にはなったが、咲太はその考えに従うことにした。

「スケジュールの前に、もうひとついいですか？」

そう言ってきたのどかの目は、咲太と麻衣の間を行き来している。だから、わざわざ聞かれるまでもなく、質問の内容は察することができた。

「ふたりって、ほんとに付き合ってるんですか？」

予想通りの内容。ただ、咲太へと突《つ》き刺《さ》さるのどかの不満そうな眼差しは、予想を上回るものだった。殺意すら宿っているんじゃないだろうか。

「うん。付き合ってるわよ」

さらっと麻衣が交際を認める。のどかはますます嫌《いや》そうな顔をした。

「そんなのありえない！　百歩譲《ゆず》って思春期症候群《しょうこうぐん》のことは現実だって認めるけど、これが彼氏はありえないって」

「僕《ぼく》ってそんなに現実離《ばな》れしてるのか」

「死ぬほど眠《ねむ》たい顔した男が、『桜島《さくらじま》麻衣』と付き合うとか完璧《かんぺき》にファンタジーだっつーの」

興奮しているのか、丁寧《ていねい》だった口調が崩《くず》れている。こっちが地のようだ。

「全国の冴《さ》えない男子に希望を与えられて僕《ぼく》はうれしいよ」

何気に、麻衣《まい》の顔でここまで否定されるのはちょっとショックだ。

「のどか」

少し不機嫌《ふきげん》な麻衣の呼びかけ声。

「……はい」

萎縮《いしゅく》した様子で、のどかは押《お》し黙《だま》る。口調も瞬時《しゅんじ》に丁寧《ていねい》なものに変わっていた。

「人の彼氏を眠《ねむ》たい顔とか言うな」

唇《くちびる》を尖《とが》らせたちょっとむっとした表情で麻衣が反論してくれる。まさか、庇《かば》ってくれるとは思ってなかったので、思わず頬《ほお》が緩《ゆる》んでしまう。

それを咎《とが》めるように、太ももに伸びてきた麻衣の手が、きつめにつねってきた。地味に痛い。

「咲太《さくた》が眠たい顔してるのは本当だけど、言っていいことと悪いことがあるでしょ」

「麻衣さん、それも悪いことの方に入れておいてほしかったなあ」

喜びもつかの間、あっさり突《つ》き落《お》とされてしまう。

咲太をもてあそんだ麻衣は満足げだ。持ち上げておいて、突き落とす。実に麻衣らしい女王様っぷり。

「じゃあ、スケジュールの話に戻《もど》るわよ」

「はい……」

渋々《しぶしぶ》といった様子で、のどかが頷《うなず》く。しばらくは、咲太のことを親の敵《かたき》でも見るように睨《にら》んでいた。見た目は麻衣なので非常に困る。体が悦《よろこ》んでしまう。

「咲太もにやにやしないの」

軽く咲太の頭を叩《たた》いたあとで、麻衣は隣《となり》の部屋に入っていく。

咲太もご一緒《いっしょ》させていただこうかと思ったのだが、

「大人しく座ってなさい」

と、軽く腰《こし》を上げた段階で先回りをされてしまった。

「クローゼットを開けるのは、一段だけで我慢《がまん》するのに」

「それ、我慢してないでしょ」

「えー」

「そういうのは、ふたりきりのときにね」

ため息交じりの反応。麻衣は心底呆《あき》れていた。少しも甘い雰囲気《ふんいき》にならない。残念極まりなかった。せっかく麻衣の家にお邪魔《じゃま》しているのに……。

そんな咲太の落胆《らくたん》などお構いなく、麻衣はきびきびとした足取りで部屋から戻ってきた。手にはウサギのマスコットが描《えが》かれた手帳が握《にぎ》られている。

「あの」

その麻衣に、のどかが声をかける。

「ん？」

「そもそもの話なんですけど、あたしが麻衣《まい》さんのふりをするなんて無理なんじゃ……」

「どうして？」

「仲のいい友達とかは、なんか変だってすぐに気づくと思います」

もっともな意見だ。ただ、麻衣に関して言えばその点は何の心配もいらない。

「学校は、その……問題ないのよ」

少し言いづらそうに麻衣が口籠《くちごも》る。

「え？」

「……」

「麻衣さん、友達いないから」

答えない麻衣の代わりに咲太《さくた》がそう教えた。

「は？」

「なによ、咲太も似たようなものじゃない」

不機嫌《ふきげん》を瞳《ひとみ》に溜め込んで麻衣が睨《にら》んでくる。その事実をのどかには知られたくなかったのかもしれない。

「僕《ぼく》は友達いますって。三人も」

「なんか、ひとり増えてない？」

「国見《くにみ》と双葉《ふたば》と、最近、古賀《こが》が追加されました」

「へー」

麻衣は興味などなさそうだ。

「あれ？　それだけ？」

「私と付き合ってる男が浮気《うわき》なんてするわけないもの」

すごい自信だ。さすが女王様。ただ、事実なので素直に頷《うなず》くしかない。

「話を戻《もど》すけど、そういうわけだから、学校で私のふりをするのは簡単。学校に行って、自分の席に座って、黙《だま》って授業を受けて、終わったら帰ってくればいい。誰《だれ》とも話す必要はないから」

「……は、はい」

信じられないという様子でのどかが頷く。もっと違《ちが》うイメージを麻衣に対して抱《いだ》いていたようだ。芸能界の立場と同様、クラスでも人気者とか……。

「あの……あたしも一緒《いっしょ》です」

「え？」

「去年デビューが決まってから、高校の友達とは遊ぶ時間がなくなって……グループの子たちの話題についていけなくなったっていうか。最初は一緒にいなかったときのこと説明してもらってたんだけど、毎日そんなんじゃ話弾《はず》まなくて……二年でクラス替《が》えがあったあとは、春休みに髪《かみ》を染めたのもあって、完全に浮《う》いて……だから、大丈夫《だいじょうぶ》です」

「のどかって、高校から桜葉《おうよう》学園なのよね？」

その学校の名前は咲太《さくた》も聞いたことがある。横浜《よこはま》にある有名なお嬢様学校だ。確か、中高一《いっ》貫《かん》教育の学校だったはず。高校から編入《へんにゅう》試験を受けて入学したのだとしたら、勉強はかなりできるのかもしれない。そして、そんなお嬢様学校にいたら、この金髪《きんぱつ》は確かに浮きそうだ。

「にしても、なんつうか」

思わず、咲太はそう声に出していた。ほんと、なんつうかという気分だった。

「なによ」

「姉妹揃《そろ》って友達いないって悲しすぎる」

「言っておくけど、学校にいないだけで、芸能界にはいるわよ」

言い訳するように麻衣《まい》が言ってくる。それにのどかも頷いている。

「えー、ほんとかなあ」

「私のことなんだと思ってるのよ」

「ちなみに、誰《だれ》ですか？　僕《ぼく》も知ってるような人？　イケメン俳優《はいゆう》とかだったら、嫌《いや》なんですけど」

「特に仲がいいのは、グラビアやってる『山江友理奈《やまえゆりな》』と、モデルの『上板《かみいた》ミリア』のふたりかな」

さすがと言うか、咲太でも知っている名前が出てきた。山江友理奈は、毎週発売される漫画雑誌のどれかで表紙を飾《かざ》っているような売れっ子で、上板ミリアは最近バラエティ番組でもよく見かけるハーフモデルだ。

「ほぼ毎日メールしてるし、先週も仕事の合間にランチしたし、ここに泊《と》めたこともあるから。イケメン俳優とかじゃなくて安心した？」

「今後も男友達は作らないでください」

そう言いながら、咲太はのどかに目を向けた。妙《みょう》に視線を感じたのだ。こちらはこちらで言いたいことがありそうな顔で、咲太を睨《にら》んでいた。

「あたしも、中学の頃《ころ》の友達は地元にいっぱいいるから。よく遊んでるし、こないだ家にも泊まりに行ったし」

これまた姉と似たような反応だ。

「メンバーとも仲いいし。文句ある？」

「文句はない。ま、学校に友達がいないのは、今回に関しては好都合だし、いいんじゃないですか」

咲太がそうまとめると、麻衣におでこを小突《こづ》かれた。

「これ、何の罰？」

「なんか、咲太が生意気だったから躾《しつ》けてるの」

「なら、納得です」

「納得すんのかよ……」

のどかは汚《きたな》いものを見るように眉根《まゆね》を寄せていた。

「学校はいいとして……問題は、仕事かな」

本題とも言える女優『桜島麻衣《さくらじままい》』とアイドル『豊浜《とよはま》のどか』のスケジュール。

「私はこれだけ」

麻衣がテーブルに広げた手帳は、ほぼ空欄《くうらん》だった。オフなど存在しなかった八月と比べると、嘘《うそ》のようなスケジュールだ。

「ドラマの撮影《さつえい》は、八月に調整してもらったからね」

予定されている仕事は、ファッション雑誌の写真撮影と、それに付随《ふずい》するインタビューが何本か。あとは、CMの撮影が控《ひか》えているくらい。

「二学期からは少し抑《おさ》えたの。誰《だれ》かさんが寂《さび》しがるし」

「麻衣さんに会えても、デート禁止令がそのままじゃ、意味ないんですけど」

咲太《さくた》の真剣《しんけん》な訴《うった》えは無視されて、麻衣は話を前に進めてしまう。

「写真撮影は、のどかも経験してると思うから平気でしょ？」

もう少しイチャイチャしたかったのに、麻衣は全然乗ってきてくれなかった。意識はのどかの方へと向けられている。

「はい、たぶん……」

のどかの返事は、なんだか不安そうだ。

「インタビューに関しては、質問の内容を先に文章でもらえると思うから、準備すればいいんだし」

「でも、ＣＭ撮影は……」

「これ、台本と絵コンテね」

麻衣がクリップで束《たば》ねた六、七枚の紙をテーブルに置いた。のどかが手を出さないので、咲太は興味本位でぱらぱらとページをめくってみた。

「お」

驚《おどろ》きの声が出たのは、撮影を予定している場所を咲太がよく知っていたからだ。通学に利用している江《え》ノ電《でん》の駅のひとつ。咲太が通う峰《みね》ヶ《が》原《はら》高校のある七里《しちり》ヶ《が》浜《はま》駅の隣駅《となりえき》……鎌倉《かまくら》高校前駅が舞台《ぶたい》だった。

「監督《かんとく》は、台本通りやる人だから準備すれば大丈夫《だいじょうぶ》だと思う。アイドル事務所に所属する前は、のどかも劇団にいたんだしね」

「……」

俯《うつむ》くように、のどかが辛《かろ》うじて頷《うなず》く。その表情は暗い。悲《ひ》壮感《そうかん》すら漂《ただよ》っていた。演技はできても、『桜島麻衣』の代わりは無理だと怯《おび》えた目が語っている。

咲太《さくた》が気づいたくらいだ。もちろん、麻衣《まい》だってのどかの気持ちには気づいていると思う。だが、麻衣は意に介《かい》する様子もなく、次の話をはじめてしまう。

「私の方は、歌とダンスを覚えるまでが大変そうね」

確かに、『豊浜《とよはま》のどか』のスケジュールの方が目に見えて厳しかった。アイドルグループ『スイートバレット』の一員として、歌やダンスのレッスンがほぼ毎日。毎週末には、ショッピングモールやイベント会場で行われるミニステージが控《ひか》えている。一回のステージで披露《ひろう》する楽曲は二、三曲程度。とは言え、最低でも一週間に三曲のペースで麻衣は歌とダンスをマスターしていかなければならない計算だ。

さらに、九月最後の日曜日には、渋谷《しぶや》のライブハウスで単独ライブも予定されていた。

「てか、麻衣さんってダンスとかできるの？」

「のどか、練習用の映像ってある？」

「あります」

部屋の隅《すみ》っこに置いてあった鞄《かばん》をのどかが漁《あさ》っている。着替《きが》えなんかも入りそうな大き目のスポーツバッグ。その中から、のどかは透明《とうめい》なケースに入ったＤＶＤらしきＲＯＭを三枚出した。

「これです」

両手で丁寧《ていねい》に麻衣へと差し出してくる。

「ありがと」

受け取ると同時に立ち上がった麻衣は、ディスクをデッキに吸い込ませた。気を利かせて、咲太はリモコンでTVの電源を入れる。麻衣が目で褒《ほ》めてくれた。ついでに、HDMIの入力に切《き》り替《か》える。スピーカーから「これ、映ってるの？」、「とりあえず、やってみようよ」という声が聞こえてきた。

少し遅《おく》れて、真っ黒だった画面が明るくなる。映し出されたのは、どこかのレッスンスタジオ。体育館のような板張りの床。壁《かべ》一面が鏡張りになっている。

のどかを含《ふく》んだグループのメンバーが一列に並んでいた。

揃《そろ》って深呼吸をひとつ。

アップテンポの音楽が流れ出すと、七人のメンバーは息の合ったリズムを刻み、ダンスを披《ひ》露《ろう》する。

それを見ながら、麻衣は軽快なステップを踏《ふ》み、手を振《ふ》り、体を大きく弾《はず》ませる。お手本を確認しているため、全体的にワンテンポ遅《おく》れてはいたが、咲太の心配を一瞬《いっしゅん》で吹き飛ばすクオリティで麻衣は一曲を踊《おど》り切《き》った。

麻衣の額に薄《う》っすらと汗《あせ》が浮《う》かんでいる。胸を上下させて、息は弾んでいた。それでも、咲太を振り返った麻衣の顔は勝《か》ち誇《ほこ》っている。

「本物の方がキレはよかったですね」

「冗談《じょうだん》じゃない。僕《ぼく》はすげぇ驚いてます」

「驚《おどろ》いてるくせに」

それが本心だ。普段《ふだん》の麻衣《まい》は大人っぽくて落ち着いた雰囲気《ふんいき》がある。電車に乗《の》り遅《おく》れそうだとしても、慌《あわ》てて走ったりはしない。そんな姿は見たことがなかった。だから、アップテンポのアイドルの楽曲に合わせてダンスを踊《おど》れるとは思いもしなかったのだ。

「劇団にいた頃《ころ》に、一通り習ってるからね」

まんざらでもなさそうに麻衣が笑う。

「演技の練習だけするんじゃないんだ」

「ダンスもそうだし、私がいたところは歌も歌ったわよ。ミュージカルの舞台《ぶたい》なんかもあるし」

「あ〜、なるほど」

感心する咲太《さくた》の前で、麻衣は滴《したた》る汗《あせ》を袖口《そでぐち》で拭《ぬぐ》うと、自分で用意した麦茶を一気に飲み干した。それから、

「あ、咲太はもう帰っていいわよ」

と、突然《とつぜん》つれないことを言ってくる。

「は？　なんで？」

本当に急すぎて、まったく心の準備ができていなかった。せっかく、麻衣の家に上がらせてもらえたのだ。一秒でも長くこの部屋の空気を吸っていたい。リビング以外の部屋だって見せ

てもらいたかった。

「私、汗かいたし、お風呂《ふろ》入りたいの」

「湯上がりの麻衣さんを堪能《たんのう》したいなあ」

「今はのどかの体だからダメ」

「僕は中身が麻衣さんなら、その体でも全然いいけど」

「私がよくないって言っているの。いいから早く帰りなさい。かえでちゃんが家で待ってるんでしょ？」

時計を見ると、そろそろ正午になろうとしていた。昼ご飯の時間だ。麻衣の言うように、家ではお腹を空かせた妹のかえでが咲太の帰りを待っていることだろう。

お風呂上がりの麻衣は諦《あきら》めて、咲太はソファから立ち上がった。

「明日、七時五十分に下で待ち合わせね」

「僕は豊浜《とよはま》さんを学校に連れていけばいいんですね」

玄関に向かいながら、翌日の約束を交わした。

「では、お邪魔《じゃま》しました」

靴《くつ》を履《は》いて玄関を出る。エレベーターホールに足を向けたところで、

「咲太」

と、呼び止められた。サンダルを履いて、麻衣も玄関から出てくる。その背後でドアが閉ま

った。

「お別れのチュー？」

「しない」

「なら」

「あのさ、咲太《さくた》。もしもだけど……」

少し不安げに麻衣《まい》が視線を逸《そ》らす。

「僕《ぼく》は麻衣さんが一生その姿でも我慢《がまん》するよ」

「現役のアイドルを捕《つか》まえて、我慢とか言うな」

呆《あき》れたように麻衣が笑う。咲太を見据《みす》える瞳《ひとみ》から、先ほど感じた不安はすっかり消えていた。

「言っておくけど、のどかの体には指一本触《さわ》らせないからね」

「えー」

「一生、我慢するんでしょ？」

悪戯《いたずら》っぽく麻衣が微笑《ほほえ》む。いつも咲太をからかってくる余裕《よゆう》の笑みだ。

「我慢の意味が違うんだけど」

「細かいこと気にしないの」

「いや、大きいし」

「明日から、のどかのことよろしくね」

すっと真顔に戻《もど》して、麻衣が言ってきた。こんなお願いをされては、咲太の答えはひとつしかない。

「体が戻ったら、ご褒美《ほうび》くださいよ」

エレベーターホールの前まで見送られて、咲太はそう返事をした。少し待ってやってきた無人のエレベーターに乗り込む。

「戻ったらね」

どこか意味深な麻衣の言葉。ゆっくりと念を押《お》すような口調だ。まるで、すぐには元に戻れないことを知っているかのような態度にも思えた。

それでも、麻衣はやさしく微笑んで咲太を見送ってくれた。エレベーターの扉《とびら》は閉じて、咲太を一階へと運んでいく。

「中身が麻衣さんならアイドルとお付き合いもありだよな？」

ひとりエレベーターの中で自らに問いかける。

「……ありだな」

その答えは、一階に到着《とうちゃく》する前に出た。

現実として、麻衣の見た目はのどかになっている。それについてあれこれ悩《なや》んでも仕方がない。悩んだところで解決策が見つかるわけでもないのだ。

どうせ悩むなら、もっと意味のあることで悩んだ方がいい。たとえば、まだ決まっていない昼食の献立《こんだて》を何にするか、とか。

咲太《さくた》を乗せたエレベーターが一階に到着《とうちゃく》する。やさしい音色のベルが鳴った。

「今日は、チャーハンにするか」

冷蔵庫の中に、余ったご飯がたくさん眠《ねむ》っているのを咲太は思い出していた。

2

翌日の朝、咲太は飼《か》い猫《ねこ》のなすのに顔面を踏《ふ》み付《つ》けられて目を覚ました。どうやら、お腹が空いているらしい。

咲太を起こすことを生《い》き甲斐《がい》にしている妹のかえでは、なすのに先を越されたのがショックだったのか、「かえでも猫になりたいです」と、よくわからないことを言っていた。

それでも、麻衣《まい》から作り方を教わったとろとろのスクランブルエッグを作ってあげると、

「かえでは朝から幸せです！」

と、一瞬《いっしゅん》で元気を取《と》り戻《もど》す。

そんなかえでに見送られて、咲太は普段《ふだん》よりも少しだけ早く家を出た。麻衣と約束をしているのだ。

エレベーターで一階に下りる。マンション前の通りに出ると、

「あ」

と、驚《おどろ》きと緊張《きんちょう》を含《ふく》んだ声が聞こえた。

「おはようございます」

咲太にぺこりと頭を下げてきたのは、華奢《きゃしゃ》な体つきの少女。身長は150センチくらい。まだ新しさを感じさせる中学校の制服を着てその場にいたのは、牧之原《まきのはら》翔子《しょうこ》だった。

「おはよう」

咲太が挨拶《あいさつ》を返すと、翔子はうれしそうに微笑《ほほえ》んだ。ぱたぱたと子犬のように駆《か》け寄《よ》ってくる。

「あんま走ると」

一瞬《いっしゅん》ドキッとしたのは、翔子が心臓に重い病を抱《かか》えているのを咲太は知っているからだ。

「だいじょうぶです」

咲太を見上げながら、翔子は誇《ほこ》らしげに胸を張った。

「退院してからは調子がいいんです」

「そっか」

「でも、心配してくれてありがとうございます」

「どういたしまして」

それにも翔子はにっこり笑ってくれた。顔色もよくて、本当に体調はよさそうだ。

「なんか、いいことでもあった？」

「どうしてですか？」

咲太《さくた》の突然《とつぜん》の質問に、翔子《しょうこ》はきょとんとして首を傾《かし》げる。

「にこにこしてるから」

「そ、そうですか？」

指摘《してき》されたのが恥《は》ずかしかったのか、翔子は両手で頬《ほお》を上下にほぐしてごまかしている。

「はやては元気？」

「はい。今日も元気にご飯を食べてました」

環境《かんきょう》が変わっても、翔子がお世話をしてくれるのなら白猫《しろねこ》のはやても安心だろう。すくすくと健康に育ってもらいたい。

「そういや、いつも、ここ通ってたんだ」

「……？」

意図が伝わらなかったのか、翔子が目をぱちくりとしている。

「今から学校でしょ？　だから」

「あ、はい、いえ」

肯定《こうてい》からの即否定。きびきびと忙《いそが》しい。

「あれ？　学校じゃないの？」

制服を着ているので間違《まちが》いはないと思うのだが……。

「あ、えと『はい』は学校のことで、『いえ』はいつもこの道を通っているわけではないという意味です」

確かに、以前翔子から聞かされた自宅の方向から駅へと歩く場合、咲太の家の前を通ると道一本分の遠回りになりそうだ。

「じゃあ、今日はなんで？」

「咲太さんに会えるかもしれないと思いまして」

「そっか」

「はい。そうしたら会えました」

また翔子はにこにこしている。

「……」

「……」

笑顔で見つめ合うこと約三秒。見る見る翔子の顔は赤く染まっていった。首や耳まで真っ赤になっている。

「え、えっと、わたし、遅刻《ちこく》してしまうのでもう行きますね！」

突然慌《あわ》て出《だ》した翔子は、自分の顔を手で扇《あお》ぎながら逃《に》げるように離《はな》れていく。

「ゆっくり行きなよ！」

背中に声をかけると、翔子《しょうこ》は一度振《ふ》り向《む》いて大きく手を振ってきた。それに、軽く手をあげて応える。

そのまま、翔子の姿が見えなくなるまで見送っていると、

「おはよ」

と、背後から声をかけられた。聞き覚えのある声。

後ろに立っていたのは、麻衣《まい》とのどかだ。

「おはよう、麻衣さん」

それに金髪《きんぱつ》の少女が目で応じてくれる。朝になったら、体が元に戻《もど》っているかもしれないという淡《あわ》い期待を抱《いだ》いていたのだが、残念ながらそうはならなかったようだ。

「ちなみに、いつから見てました？」

「咲太《さくた》に見つめられて、翔子ちゃんが赤くなったところから」

無感動に麻衣は言ってくる。本当に興味がないのか、実は怒《おこ》っているのか……これは判断に困る反応だ。

下手に追及すると墓穴《ぼけつ》を掘《ほ》りそうだったので、咲太は話題を変えることにした。

都合のいいことに、今の麻衣はツッコミどころ満載《まんさい》だ。『豊浜《とよはま》のどか』の外見をした麻衣が着ているのは学校の制服。のどかの学校の制服だ。清楚《せいそ》な印象のシンプルなセーラー服。スカートは膝下《ひざした》までと長く、ぱっと見でお嬢様仕様だとわかる。サイドでアップにした金髪と、目

元ぱっちりのイケイケメイクとは相性最悪で、果てしなくアンバランスだった。

「なんで半笑いなのよ」

麻衣が目を細めて咎《とが》めてくる。

「エキセントリックでいいと思います」

「……」

褒《ほ》めたのに、麻衣は無言で咲太の足を踏《ふ》んできた。

「てか、制服あったんだ」

なんとも用意周到《しゅうとう》な家出だと思う。家を飛び出すこと自体は、今回がはじめてというわけではないのかもしれない。それとなく、のどかに視線を向ける。

麻衣の姿をしたのどかが着ているのは、見慣れた峰ヶ原《みねがはら》高校の夏服。まだまだ残暑が厳しい最中なのに、薄手《うすで》とはいえ、黒のタイツをはいている。前に日焼け対策だと麻衣からは聞かされた。芸能人は大変だ。

のどかは夏場のタイツに慣れていないのか、脚の付け根の辺りをしきりを気にしていた。なんかエロい。視線が釘付《くぎづ》けになる。けれど、すぐに、

「咲太」

と、トゲのある声とともに頬《ほお》を強くつねられた。

「なんでしょうか、麻衣さん」

「今、エロいこと考えてたでしょ」

「麻衣《まい》さんの体に対してだからいいよね？」

「今はのどかだからダメ」

「じゃあ、僕《ぼく》はこっちの麻衣さんでエロいこと考えればいいの？」

お嬢様学校の制服に身を包んだ金髪《きんぱつ》の少女にそう問いかける。

「いいわけないでしょ」

「僕にどうしろと？」

「真顔で質問するな。少しは我慢《がまん》しなさい」

「そんなぁ」

「嫌《いや》なら、私とのどかが元の体に戻《もど》れるようにがんばりなさい」

「中身が麻衣さんなら、別に今の外見でも僕はいいいけどなあ」

「私とのどかがよくないのよ」

そんな話をしながら、咲太《さくた》たちは藤沢《ふじさわ》駅を目指したのだった。

人口四十二万人を数える市の中心地である駅は、朝の通勤通学ラッシュの真《ま》っ只中《ただなか》だった。

横浜《よこはま》の学校に向かう麻衣とはここでお別れだ。麻衣が使うのは東海道線で、咲太とのどかは江《え》ノ電《でん》に揺《ゆ》られて七里《しちり》ヶ《が》浜《はま》駅を目指すことになる。

「あ、咲太」

別れ際、ＪＲの改札付近で咲太は麻衣に呼び止められた。

「なんですか？」

江ノ電藤沢駅に繋《つな》がる連絡《れんらく》通路に足を向けていた咲太は、その場にのどかを残して、麻衣の側まで引き返した。

「お願いがあるんだけど」

目の前に来た咲太を麻衣が見上げてくる。麻衣と比べると、のどかの方が小柄《こがら》な分、同じ仕草でも雰囲気《ふんいき》は全然違《ちが》う。１６５センチある麻衣がすると、『上目遣《うわめづか》い』くらいにしかならないのに、１６０センチに満たないのどかだと文字通り『見上げている』感じになるのだ。

「その台詞、麻衣さんの見た目で言われたかったなあ」

「ばーか」

「麻衣さんの魅力《みりょく》が僕をバカにさせるんです」

「のどかのこと」

咲太の悪ふざけは、麻衣の真剣《しんけん》な表情に簡単に消されてしまった。

「だいたい、予想はできてるけど……何があったのか、聞いておいてほしいの」

「家を飛び出してきたってことは、親となんかあったんでしょ」

「そうだろうけど……」

少し困った様子で、麻衣《まい》が言葉を止める。わずかに視線を逸《そ》らしながら、

「その原因、私かもしれないし」

と、小さな声で続けた。

「国民的知名度のお姉ちゃんを持つと大変って話？」

しかも、ただの姉ではない。母親違《ちが》いの姉。

「自意識過剰《かじょう》？」

「そりゃあ、麻衣さんの妹じゃあ、色々と苦労もあるでしょ。比べられる相手としては、最悪ですもん」

しかも、のどかの場合、芸能界という同じ土俵《どひょう》に上がっているのだからなおさらだ。

「少しは気を遣《つか》いなさい」

麻衣が唇《くちびる》を尖《とが》らせて拗《す》ねた顔をする。

それに、咲太《さくた》は気づいていないふりをした。「そんなことない」と言って、麻衣の言葉を否定するのは簡単だが、麻衣自身がそう思っていないのだから、言葉だけの慰《なぐさ》めなど意味がない。

問題は問題として共有してあげた方がいい。

「ま、母親として……女としてのプライドがのどかにも伸《の》し掛《か》かってるんだろうけど」

「プライド？」

「前に言わなかったっけ？　私の母親は、他の女のところに行った父親へのあてつけで、私を

子役として芸能界デビューさせたって」

華々《はなばな》しくTV画面に登場した『桜島麻衣《さくらじまい》』は、その後も芸能界の第一線で活躍《かつやく》し続けてきた。今や国民的知名度を誇《ほこ》る人気者に成長している。そうした姿を見せることが、麻衣の語った父親への『あてつけ』であり、母親の『プライド』ということだろうか。

きちんとやっている姿を出て行った相手に見せつけることで、溜飲《りゅういん》を下げるというのは、人間の感情として理解できないことはない。一種の復讐《ふくしゅう》のようなものだ。そういう感情が原動力になることだってある。

けれど、親の都合を押《お》し付《つ》けられる子供の方はたまったものではないだろう。特に、小さい頃《ころ》なんて、そうした親の事情など理解できるはずもないのだから。

ちらりと、咲太は待たせているのどかを横目に映した。

「あの子も、以前は劇団に所属してたって、昨日言ったわよね？」

「そんな話、してましたね」

「私とは違う劇団だったんだけど……小さい頃は、役のオーディション会場で会うこともあったのよ」

「なるほど……」

そんな状況《じょうきょう》ならなおさらだ。お互《たが》いの母親は心中穏《おだ》やかでいられるはずがない。オーディション会場の水面下では、母親同士が火花を散らしていたことになる。

言わば、麻衣《まい》とのどかは代理戦争の駒《こま》だ。

そして、その戦いの結果は、残酷《ざんこく》なまでに明暗を分けた。麻衣は人気タレントとしての地位を築《きず》いたのに対して、のどかの方は劇団を辞めて、今は小さなイベント会場を転々とする売り出し中の新人アイドルに転身している。

そうした屈辱《くつじょく》の日々が、母と娘の関係を歪《ひず》ませていったのだろうか。それで、のどかは家出をしてきたのかもしれない。

「麻衣さんのお願いだし、聞くだけ聞いてみます」

「ありがと。じゃあ、行くね」

麻衣は小さく手を振《ふ》ってから、改札の奥《おく》へと消えていった。

咲太《さくた》は咲太で、待たせていたのどかのもとへ戻《もど》る。

「お待たせ」

声をかけながら、JRの駅舎から伸びた連絡《れんらく》通路を進む。目の前に見えるのは百貨店の大きな建物。その脇《わき》に、江《え》ノ電藤沢《でんふじさわ》駅の改札はあるのだ。

「何の話？」

改札を抜《ぬ》けたところで、のどかがそう聞いてきた。

「ん？」

ホームの奥へと歩きながら返事をする。

「お姉ちゃん」

「気になる？」

本当のことを言ってもいいが、今ではない気がしたので咲太ははぐらかした。

「ウザ」

ぼそっと言って、のどかが顔を背《そむ》けた。

「……」

のどかは、それ以上聞いてはこない。ふたり並んでホームの一番奥側に立つと、逆に咲太の方から気になることを質問した。

「そういやさ、麻衣さんあのまま学校に行かせて大丈夫《だいじょうぶ》なのか？」

「は？」

「アイドルの豊浜《とよはま》のどかさんが、普《ふ》通《つう》に電車に乗ってパニックにならないか聞いてんの」

「バカにしてんの？」

「心配してんだけど？」

「……」

咲太の真意を読み取ろうと、のどかがじっと見つめてくる。麻衣だったら、露《ろ》骨《こつ》に疑うような仕草は見せない。中身が違《ちが》うと、こうまで人は違って見えるのかと思う。

「全然平気」

ぽつりとのどかが答えた。

「あたしのことなんかみんな知らない」

言いながら、のどかが視線を逸《そ》らす。その言葉の裏には、「お姉ちゃんと違《ちが》って」という感情が読み取れた。それをごまかすためなのか、のどかはさらに続けた。

「てか、心配なのはこっちなんだけど。こんな普通《ふつう》に電車待っててていいわけ？」

「有名人すぎると、逆に話しかけられないんだろ」

とは言え、やはり注目は浴びる。特に、芸能活動を再開して以降は、「あ、あれ！」とか、「うおっ、本物⁉」とか、「お前、話しかけろよ」とか、「お前が話しかけろ」とか言う声をよく耳にしていた。

こうした反応はむしろ全然いい方で、麻衣《まい》が気にする素振《そぶ》りを見せたことはない。口にこそ出さないが、麻衣が迷惑《めいわく》そうにしているのは写真だ。「一緒《いっしょ》に撮《と》ってもらっていいですか？」と申し出てくる人には喜んで応じている麻衣だが、遠くから隠《かく》し撮《ど》りされることの方が圧倒的《あっとうてき》に多くて、それには辟易《へきえき》している様子だった。

今も、スマホを手にしたスーツの男性がちらちらと麻衣を見ている。ホームに電車が入ってきたタイミングで、レンズをこちらに向けてきた。

「麻衣さんはこっちね」

「は？　なに？」

肩《かた》に手を置いて、咲太《さくた》と立ち位置を入《い》れ替《か》える。咲太が邪魔《じゃま》になって麻衣の姿は写らないはずだ。

わずかに遅《おく》れてシャッター音がした。気づいたのどかが咲太の体の陰《かげ》からカメラの方を覗《のぞ》き込《こ》む。男性は、ごまかすようにレトロな雰囲気《ふんいき》の車両の撮影《さつえい》をしていた。

「……」

のどかは何か言いたそうだ。

「これくらいのことじゃ、あんたを認めない」

気づかないふりをしていると、我慢《がまん》できずにそう声をかけてきた。

「認めてもらわなくてもいいし」

咲太は一番前の乗車口から電車に乗り込んだ。

奥《おく》のドア脇《わき》にのどかを誘導《ゆうどう》する。満員のぎゅうぎゅうとまではいかないが、朝の電車は空席ができるほど空いてはいない。

咲太はのどかの手前に立って吊《つ》り革《かわ》を握《にぎ》った。

やがて、発車のベルが鳴り、ドアが閉まる。動き出した電車に合わせて、車窓が移り変わっていく。大きな駅ビルはすぐに見えなくなり、窓に映るのは閑静《かんせい》な住宅街になった。

外の様子を、のどかは背筋をぴんと伸ばした姿勢で眺《なが》めている。どこか物憂《ものう》げな横顔。周囲の乗客を気にしている様子はない。自分に向けられた興味の視線にも気づいていない素振りを貫《つらぬ》いている。

こうして見ている限り、それは正真正銘《しょうしんしょうめい》『桜島麻衣《さくらじままい》』だった。中身が別人だとは到底《とうてい》思えない。

麻衣としての立《た》ち振《ふ》る舞《ま》いを、のどかはきちんとこなしていた。

電車は停止と出発を繰《く》り返《かえ》し、一駅ずつ学校がある七里《しちり》ヶ浜《がはま》駅へと近づいていく。

――次は江《え》ノ島《しま》、江ノ島でございます
聞き慣れた車内アナウンスが流れた。どこか懐《なつ》かしさを含《ふく》んだ女性の落ち着いた声。

「バスみたい」

「ん？」

「今の」

言われてみれば、確かにそんな気もする。

江ノ島駅を出ると、電車は狭《せま》い場所へと迷い込んでいく。次の腰越《こしごえ》駅に到着《とうちゃく》する頃《ころ》には、民家と民家の間を縫《ぬ》うように電車は走っていた。

「ここ、電車通っていいの？」

窓の外には、誰《だれ》かの家の入口がある。あの家の人は、電車の目の前にあるドアから出入りをしているのだろうか。この路線を咲太《さくた》が使うようになって二年目になるが、未だにその謎《なぞ》は解き明かされていない。

時々、目に入るものに興味を示しながらも、のどかはすぐにその感情を殺して、麻衣としての表情に戻《もど》っていた。

「ちゃんと、それっぽくできるのな」

麻衣らしく振る舞うのどかを見て、咲太は素直に感心していた。髪《かみ》を掻《か》き上《あ》げるちょっとした仕草も本物の麻衣っぽい。

「子供の頃、役の真似をよくしていたのよ」

口調も麻衣に合わせてのどかが答えた。

「私の自慢《じまん》で……憧《あこが》れだった」

今の一言が過去形だったことに意味はあるのだろうか。どこか退屈《たいくつ》そうに呟《つぶや》いたのはどうしてだろうか。いくつかの疑問が咲太の頭を過《よぎ》った。けれど、それを咲太が口に出す前に、「あっ」とのどかが小さな歓声《かんせい》を上げた。

民家の間をすり抜《ぬ》けるように走っていた電車が、遮蔽物《しゃへいぶつ》のない海沿いに出たのだ。車窓は、海と空と水平線に塗《ぬ》り替《か》えられる。白から青への空のグラデーション。さらに深い海の青色は朝日に照らされて瞬《またた》き、真っ直ぐに引かれた水平線が景色の終わりを告げている。

このときばかりは、麻衣とは違《ちが》う表情になっていた。無意識に零《こぼ》れた笑みは、麻衣本人よりもかなり幼い。

海を眺《なが》めているうちに、電車は咲太と麻衣が通う峰ヶ原《みねがはら》高校のある七里ヶ浜駅に到着した。

咲太《さくた》とのどかが下車したのは、改札らしい改札のない小さな駅。道を歩いていると急に駅がある不思議な感じの場所。短い階段を下りれば、もうそこは駅の外になる。

はじめての場所でも、のどかはお澄《す》まし顔で咲太の隣《となり》を歩いていた。ただ、わずかに眉根《まゆね》を寄せている。恐《おそ》らく、潮《しお》の香《かお》りが珍《めずら》しいのだ。

駅から学校までは五分とかからない。踏切《ふみきり》をひとつ渡《わた》れば、校門は目と鼻の先にある。

その校門を入ったところで、のどかが小声で話しかけてきた。

「ねえ、すごい見られてんだけど」

「そりゃあ、麻衣《まい》さんは有名人だから」

「絶対それだけじゃない。あたし、どっか変？」

不安そうに自分の姿をのどかが確認する。

「ぱっと見は麻衣さんにしか見えないから安心しろ」

「じゃあなに？」

「ま、それはあれだな」

咲太にはひとつ心当たりがある。実は、昨日の始業式当日にも、似たような視線を感じていた。

「あれって？」

のどかはまったくわかっていないという顔をしている。この場の空気に触《ふ》れるのがはじめてなのだからそれも無理はない。

「この学校の人間は、僕《ぼく》と麻衣さんが付き合ってることを知ってるんだよ」

「それが？」

「で、一昨日まで、夏休みだったわけだ」

「だから、それが？」

「夏の間に大人の階段を上ったのか興味津々《しんしん》なんだろうなぁ」

「……」

すぐには反応がない。少し考えて、ようやく答えに思い当たったのか、

「そ、それって……その、つまり、あ、あ、あれのこと？」

と、声を裏返して聞いてきた。

「あれって？」

とりあえず、のどかの反応が面白かったのですっとぼけておく。

「あ、あれは、あれ……あれのことだって……」

話題に出すのも恥《は》ずかしいらしく、声はどんどん小さくなっていく。最後の方は殆《ほとん》ど聞き取れなかった。耳まで真っ赤になっている。

「どれだよ？」

「だから……え」

言いかけたところで、のどかはさらに紅潮《こうちょう》する。

「『え』って？」

「えっ、えっ……えっ……言えるか！」

怒《おこ》った顔でのどかが肩《かた》をグーで殴《なぐ》ってくる。結構痛い。本来の見た目はいかにも遊んでいそうなのに、結局、のどかは恥《は》ずかしがって「えっち」と口に出すことすらできなかった。

「口調と態度、気を付けような」

小声で咲太《さくた》はのどかに告げた。急な大声に、周囲の視線が集まっていた。

「……」

思い出したように、のどかは拳《こぶし》を静かに下ろす。だが、視線にはまだまだ咲太への不満を溜《た》め込《こ》んでいた。照れもまだ残っている。咲太と麻衣《まい》がそういうことをしたのかと、想像でもしているんだろう。たぶん、そうだ。

「清いお付き合いをしてるって、昨日自己紹介《しょうかい》したよね？」

「じゃ、じゃあ、どこまで進んでんの？」

はっきりさせないと収まりがつかないという食いつきようだ。

「聞いてないのかよ」

もちろん、「麻衣さんから」という意味だ。口に出さなかったのは、周りに聞かれると変に思われるかもしれないと思ったから。

「あんたに聞けって」

「ふーん」

「もったいぶんな。距離感《きょりかん》摑《つか》めないだろ」

「ま、付き合って二ヵ月って感じでやればいいんじゃね」

「二ヵ月ね……二ヵ月……それって、手ぇ繋《つな》ぐくらい？」

「小学生か」

「う、うるさいな！」

「あ、バカ」

二度目の大声に、周囲を歩いていた生徒が怪訝《けげん》な顔を向けてくる。

「うわ〜、ごめんなさい。麻衣さん、そんなに怒《おこ》んないでよ」

適当な演技で、ごまかす。

「わ、わかればいいのよ」

平静を装ったのどかが、なんとか取《と》り繕《つくろ》う。周囲の注目が散るまで、しばらく無言で歩いた。

「そ、その……き、き、き」

「サルの真似か？　上手いな」

「き、キスだバカ！」

「……」

「し、したの？」

「してないしてない」

　ここで「した」と言ったら騒《さわ》ぎになると思い、咲太《さくた》は平気な顔で嘘《うそ》を吐《つ》いた。本来の見た目に反して、中身は今どき珍《めずら》しいくらいにウブのようだ。

「じゃあ、どこまで？」

「手ぇ繋《つな》ぐくらいだよ」

「しょ、小学生はどっちだよ」

　恋人同士の設定を話し合っているうちに、咲太とのどかは昇降口《しょうこうぐち》に着いていた。甘えたふりをして、のどかを麻衣《まい》の下駄箱の前まで案内する。

　お互《たが》いに上履《うわば》きに履《は》き替《か》えると、教室を目指して階段を上がった。

　咲太の教室があるのは二階。三年生の教室は三階なので、のどかとは二階でお別れだ。

「三年一組な」

「わかってる。席は窓側の後ろから二番目」

　その辺は昨日のうちに麻衣から叩《たた》き込《こ》まれたようだ。

「あとは大人しく席に座って、黙《だま》って授業を受けてればいいんでしょ」

「トイレは我慢《がまん》せずに行けよ」

「あたしのこと、バカだと思ってんの？」

「意外と洒落《しゃれ》が通じないやつだとは思ってる」

「……」

不満そうにのどかが睨《にら》んでくる。これは自覚している顔だ。前に、誰《だれ》かに言われたことがあるのかもしれない。

「何かあったら、二年一組な」

「わかった。じゃ」

周囲の生徒を気にして、のどかはすぐさま麻衣の仮面を被《かぶ》った。わずかに微笑《ほほえ》んで咲太に手を振《ふ》ってくる。その仕草は、麻衣によく似ていた。

のどかの姿が三階に消えるのを見届けていると、

「梓川《あずさがわ》、そこ邪魔《じゃま》」

と、不機嫌《ふきげん》な声で、階段を上がってきた女子生徒に声をかけられた。白衣を着た女子生徒。咲太の数少ない友人のひとり……双葉理央《ふたばりお》だ。

長く伸びた髪《かみ》は頭の後ろで一本にまとめている。眼鏡のレンズ越しに、つまらないものを見るような目で咲太を見ていた。

「双葉、丁度よかった。相談がある」

そう言葉を返すと、理央はますます嫌《いや》そうな顔をした。何の相談なのか、見当がついている証拠《しょうこ》だ。

「梓川《あずさがわ》は、お祓《はら》いに行けば？」

「なんで？」

「それだけ厄介事《やっかいごと》に巻き込まれておいて、自分が不幸だっていう自覚ないんだ」

「自分が不幸に思えるとか、自意識過剰《かじょう》だろ。みんなこんなもんだってきっと」

「梓川がそう思うならいいけど……」

途中《とちゅう》で言葉を止めた理央《りお》の目は、「その不幸に私を巻き込むな」と語っていた。

3

「何が起きているのかについての考察はさておき、今回のケースに関して言えば、解決の糸口は明白なんじゃない？」

昼休みに咲太《さくた》が物理実験室を訪ねると、理央は前置きなしにそう言ってきた。事情は朝のHRの前に伝えてあったのだ。

昼になるとやってくるおばちゃんのパン屋で買った焼きそばパンを頬張《ほおば》りながら、咲太は実験テーブルを挟《はさ》んで理央の正面に座った。ふたりの間では、ガスバーナーの炎を浴びたビーカーの水が、ぼこぼこと気泡《きほう》を立てている。

沸騰《ふっとう》したところで、理央はカップ春雨《はるさめ》にお湯を注いだ。

「ダイエット？」

何気なく咲太が聞くと、なぜだか理央に睨《にら》まれた。

「無神経が服を着て歩いているような誰《だれ》かさんに、『重い』って言われたからね」

「誰だよ、それ」

「私を自転車の後ろに乗せた梓川」

「……なるほど」

言われて思い出した。あれは夏休み中の出来事だ。深夜に佑真《ゆうま》を呼び出し、花火をするために海に向かおうとしたときのこと。咲太は理央を自転車の後ろに確かに乗せた。

「梓川に心の中で、『太ってる』なんて思われながら生きていくのは屈辱的《くつじょくてき》」

だいぶ根に持たれているようだ。これはさっさと話を本題に戻《もど》した方がいい。

「で、解決の糸口ってのは？」

「ほんといい性格してる、梓川は」

「どうも」

「過去の事例から、思春期症候群《しょうこうぐん》の発生原因をある程度定義した場合の話になるんだけど」

「ふむ」

「人の不安定な精神状態が、不可思議な現象を引き起こしているように、私は感じてる」

「それは、同意だな」

過去に遭遇《そうぐう》した例……特に、理央《りお》や朋絵《ともえ》のケースは当てはめやすい気がする。

「だったら、対象者の精神を不安定にさせる原因を取《と》り除《のぞ》いてしまえばいい」

「ま、そうなるわな」

「少し事情を聞いただけの私にも原因がどこにあるか想像できているんだから、当然、梓川《あずさがわ》だって気づいているんでしょ？」

言いながら、理央はスマホの画面を咲太《さくた》に向けてきた。

表示されていたのは、アイドルグループ『スイートバレット』の活動をまとめたファンサイトだ。

デビューは約一年前。新人の発掘《はっくつ》オーディションにより、七名がメンバーとして選出されたのがはじまりだと綴《つづ》られている。

以降、シングルCDを五枚発売するも、販売枚数は芳《かんば》しくない。発売初週のチャートでも、二十位以内に入れたのが一枚だけ。

行ったライブは、殆《ほとん》どが同じ事務所のアイドルとの合同イベント。箱も小さなライブハウスが多い。最大でも三百人程度のところだ。

ＴＶ出演に関しては数えるほどしかなくて、しかも、リストアップされている番組の大半は地方局のものだった。

のどかのグループ内での人気は、三番目か四番目という感じらしい。七人中なので、ほぼ真ん中ということになる。あだ名は『どかちゃん』と書いてある。

スマホ一台で、瞬時《しゅんじ》にこれだけのことがわかるのだから便利な時代だ。

「ちなみに、こっちが桜島先輩《さくらじませんぱい》」

一度引っ込めたスマホを操作《そうさ》して、再び理央が見せてきた。朝の連続ドラマで華々《はなばな》しいデビューを飾《かざ》ってから今日までの足跡《そくせき》がずらりと並んでいる。大ヒットした映画やドラマのタイトルに加え、受賞した数々の賞までご丁寧《ていねい》に記載《きさい》されていた。

全部に目を通すだけでも一苦労だ。

理央の言う通り、理由はこんなにもはっきりとしている。

簡単に言えば、よくできた姉へのコンプレックス。いや、よくできすぎた姉へのコンプレックスだろうか。

「けどさ。んなもん、どうやって克服《こくふく》すればいいんだよ」

「国民的アイドルにでもなればいいんじゃない」

理央は真顔で言ってきた。

「僕は真面目に聞いてんだけど」

「私は真面目に言っている」

蓋《ふた》を外したカップ春雨《はるさめ》を、理央はプラスチックのフォークでちゅるりとすすった。別の言葉を期待したが、食べ終えるまで理央《りお》はにこりともしてくれなかった。女子に「重い」とか言うと、こういう仕打ちを受けることになるらしい。今後は気をつけよう。

午後の授業中は、理央からのありがたいアドバイスを聞き入れ、咲太《さくた》はのどかをトップアイドルに育てる方法を考えてみた。

だが、敏腕《びんわん》プロデューサーではない咲太に、そんな方法が思いつくわけがない。早々に無理があることに気づき、仕方がなく授業を聞くとはなしに聞いて、午後の時間を適当に過ごした。

きちんと考えるのは、本人から事情を聞いてからでも遅《おそ》くはない。今のところ、麻衣《まい》も咲太も、のどかの口から家出の理由は聞かされていないのだ。

放課後、咲太が三年の教室にのどかを迎《むか》えに行こうとすると、階段の踊《おど》り場《ば》で鉢合《はちあ》わせになった。

「お、運命」

「どこがよ」

呆《あき》れたようにのどかが言ってきた。今日一日を麻衣として過ごした影響《えいきょう》なのか、麻衣っぽさが朝よりも上がっている。

これなら、親しい人間もいない学校内で、麻衣に違和感《いわかん》を覚える生徒はまずいないだろう。

「ほら、帰るんでしょ」

のどかに促《うなが》され、並んで階段を下りた。三階の通り場から二階へ。二階から一階へと下りている途中《とちゅう》で、

「なんか信じられなかった」

と、のどかが呟《つぶや》いた。

「ん？」

「学校に友達いないの、ほんとだったんだ」

「僕《ぼく》は実際見たわけじゃないけど、麻衣さん、一年の一学期は仕事があって、まったく登校してなかったらしいからな」

クラスの輪、学校の空気……そういうものに馴染《なじ》むタイミングを完全に逃《のが》してしまったのだ。子役からずっと芸能界にいて、小学校にも、中学校にも上手く馴染めなかったと言っていた麻衣に、出遅《でおく》れた分を取《と》り戻《もど》すなんて芸当は不可能だった。いわゆる『普通《ふつう》』の友達付き合いを知らないまま、今日まで来てしまったから……。

「なんか理由、普通すぎ」

「理由なんて、そりゃ普通だろ」

「……ま、そうかも」

自分が高校の友達関係に馴染めなくなったことを思い出したのか、少し遅れて聞こえてきた

のどかの返事は妙《みょう》に実感がこもっていた。


校門を出ると、目の前に見えてきた踏切《ふみきり》が警報《けいほう》を鳴らした。

「踏切とか、懐《なつ》かしい」

何気なくのどかが呟《つぶや》く。

「都会っ子の自慢《じまん》かよ」

最近は高架化《こうか》工事も多く、踏切のない路線も増えている。

「こんなの自慢でもなんでもないし」

そんな話をしていると、七里《しちり》ヶ浜《がはま》駅を出発した電車が横切っていった。のんびりとした速度。乗客の顔まではっきりと確認できる。早々に下校した峰《みね》ヶ原《がはら》高校の生徒の姿もちらほら目に付いた。

離《はな》れていく電車のお尻《しり》を見送っていると警報はやんだ。急に周囲が静かになる。同時に、遮《しゃ》断機《だんき》がゆっくりと持ち上がる。

待っていた生徒たちがぞろぞろと歩き出した。その流れの一部となって、咲太《さくた》とのどかも踏切を渡《わた》った。

目の前は、真っ直ぐに伸びた緩《ゆる》やかな下り坂。突《つ》き当《あ》たりは国道134号線だ。そして、その先はもう海しかない。傾《かたむ》いた日差しを受け、きらきらと輝《かがや》いている。

駆《か》け上《あ》がってくる風は、夏の終わりの香《かお》りがした。

「海……」

他の生徒が駅へと右折する中、のどかの足は自然に止まっていた。

それを見て、駅へと舵《かじ》を取っていた咲太は、海の方向へ向き直った。

「寄り道するか」

返事を待たずに咲太は七里ヶ浜の海に足を進めた。

のどかの足音はすぐに後ろから付いてきた。


なかなか青にならない国道134号線の信号を渡ると、のどかは足早に階段を下りて砂浜の上に立った。

「ほんと、海だ」

「海なら、横浜《よこはま》にもあるだろ」

「砂浜があるのがいいんだよ」

足を取られながらも、のどかはその感触《かんしょく》すら楽しそうにしていた。

平日とあって、遊びに来ている人はさほどいない。小さな子供が一緒《いっしょ》の家族連れや、九月になっても夏季休暇《きゅうか》が続いている大学生がいるくらい。あとは、水面にウィンドサーフィンの帆《ほ》がちらほらと見えている。

真夏の海水浴場と比べると、どこか物悲しくすら思える。

「これ、あたしも入っていい？」

そう聞いてきたのどかの目は、波打ち際にいる小さな子供を捉《とら》えていた。

「そりゃ、許可はいらないけど……」

「じゃあ、入る。もう暑くて死ぬ」

咲太《さくた》が言い終える前に、のどかは言葉を被《かぶ》せてきた。

「それ、どうすんだよ」

足を覆《おお》っている黒いタイツを指差す。

「はあ？　脱《ぬ》ぐに決まってんじゃん」

そう言うなり、のどかの両手がスカートの両脇《りょうわき》から中へと消えた。少しもぞもぞしたかと思うと、タイツを膝《ひざ》のあたりまでするっと下げてしまう。膝から下の残り半分は、防波堤に手を突《つ》いて体を支え、振《ふ》り向《む》くような体勢で片足だけを後ろに上げて抜《ぬ》き取《と》った。

器用なものだ。スカートの中が見えそうで見えない卓越《たくえつ》した技術。

これはこれで大変そそるものがある。

「タイツを脱ぐ女子ってなんかエロいな」

「み、見んな、バカ」

「彼氏なんだし、許してくれ」

「付き合ってようがダメなものはダメだっつーの」

もう片方の足も同じ要領でのどかは脱いだ。丸まったタイツは鞄《かばん》に押《お》し込《こ》み、咲太を置き去りにして、波打ち際へと駆《か》け出《だ》していく。

「あ～、気持ちいい。なにこれ海サイコー」

足元の白波とのどかが戯《たわむ》れている。

「確かに、海、最高だな」

普段《ふだん》、なかなかお目にかかれない麻衣《まい》の生足。眩《まぶ》しい生足だった。制服姿で拝《おが》むのは恐《おそ》らくはじめてのこと。

「な、なに、足ばっか見てんの？」

「すげえいい」

「お姉ちゃんの体をエロい目で見んな！」

「挟《はさ》まれたい」

「……」

絶句したのどかは、完全に引いている。これは誤解があるようだ。

「言っておくが、顔だからな」

「顔なら大丈夫《だいじょうぶ》って発想が頭おかしい。まじ死ね」

「麻衣さんなら、『年下の男の子の顔を挟むくらいなんでもない』って言ってくれるところなのになあ」

「……お姉ちゃん、こんなやつのどこがいいんだろ」

「……」

「なにその死んだ目。文句あんの？」

「文句じゃなくて、疑問ならある」

「はあ？」

昨日からずっと思っていたことだ。

「お前さ、なんで麻衣《まい》さんの前だと『お姉ちゃん』じゃないわけ？」

どういうわけか、途中《とちゅう》からは「麻衣さん」と呼んでいたのだ。

「……」

「中途半端《ちゅうとはんぱ》に敬語にもなってたし、僕《ぼく》に対する態度と違《ちが》いすぎだろ」

「当たり前じゃん。芸能界の大先輩《だいせんぱい》なんだし」

本心をごまかすように、のどかが視線を逸《そ》らす。足元に押《お》し寄《よ》せる波を、じっと見ていた。

「それだけ？」

「そうだよ」

「だったら、なんで家出した先が麻衣さんの家なんだ？」

「はあ？」

「普通《ふつう》、家出して自分も余裕《よゆう》ないってときにさ、気ぃ遣《つか》って『お姉ちゃん』って呼べないような人を頼《たよ》らないいだろ」

「……」

「僕ならもっと気心の知れたやつを頼るね」

地元には中学時代の友達がたくさんいると言っていたのはのどか自身だ。友達の家に泊《と》まりに行ったとも言っていた。

「あたしはあんたとは違う」

「麻衣さんに言いたいことがあるんじゃないのか？」

「っ！」

びくっと、のどかの肩《かた》が震《ふる》える。見た目は麻衣だけど、麻衣と違ってポーカーフェイスは苦手なようだ。咲太《さくた》の誘導《ゆうどう》に見事に引っかかっている。

「たとえば、『お姉ちゃんなんて大嫌《だいきら》い』とかさ」

「違う！」

咲太が言い切る前に、のどかは否定の言葉を重ねてきた。

「違う……」

もう一度呟《つぶや》く。

けれど、それは言葉とは逆の意味にしか聞こえない。強い否定が肯定《こうてい》になってしまっている。

少なくとも、咲太《さくた》にはそうとしか思えなかった。

「ま、いいんじゃないの」

熱を持ったのどかの感情には付き合わずに、咲太は気楽な声を返した。

「……」

その真意を読み取ろうと、のどかが鋭《するど》く睨《にら》んでくる。

「家出してきたってことは、どうせ親と揉《も》めたんだろうしな」

「……」

無言の肯定。

「その理由が麻衣《まい》さんだって言うなら、そりゃ、麻衣さんのこと嫌《きら》いにもなる」

「っ⁉」

図星だったらしく、のどかは目を見開いている。

「なんだよ……なんなんだよ、お前！」

「女子って、彼氏が浮気《うわき》したときに、浮気相手の女を責めるってほんとなんだな」

麻衣の場合は、間違《まちが》いなく徹底的《てっていてき》に咲太をいじめると思うが……。

「あたし、何も言ってないだろ！」

「言わなくてもそんくらいわかってるっての。麻衣さんも概《おおむ》ね気づいてるぞ」

「嘘《うそ》……」

「ほんとだよ。今朝、呼び止められたのは、それを言われたんだ」

「……あ、あんたには関係ない！」

「だったら、さっさと僕《ぼく》の麻衣さんに体を返せ」

「……」

目を逸《そ》らさずに、のどかは真っ直ぐ睨《にら》んできた。咲太の態度が気に入らないのだろう。けど、それはお互《たが》い様《さま》なので、我慢《がまん》してもらうしかない。

「あんたが理由なわけ？」

短い沈黙《ちんもく》のあとで、のどかがそう聞いてきた。

「なにが？」

「お姉ちゃんが芸能活動を再開したのって」

真剣《しんけん》なのどかの眼差し。

「違《ちが》うな」

同じ質問を麻衣にすれば、恐《おそ》らくイエスと答えるだろう。だが、咲太はそうは思っていなかった。時間の問題に過ぎなかったと思っている。咲太が余計なことを言ったせいで、少しだけ復帰が早くなっただけのことだ。

麻衣はＴＶの仕事をとても気に入っていたので、結局はそのうち戻《もど》っていたと思う。我慢ができずに。

のどかは疑惑《ぎわく》の眼差しで咲太《さくた》を見ている。それを無視して、咲太は砂浜に落ちていた石ころを拾うと、海に向かって放り投げた。

「なるほど、麻衣《まい》さんの芸能界復帰が、母親とのケンカの火種か」

復帰後、麻衣はすでにドラマの出演を数本こなしている。どれも出番は一話だけだったり、スペシャル枠《わく》のドラマだったりするが、重要な役が多い。それらをさすがの存在感で演じていた。

CMも複数持っていて、一時間もTVをつけていれば、麻衣の姿を一度くらいはどこかで見かける状況《じようきよう》だ。

「……」

咲太への質問を最後に、のどかはしゃべらなくなった。何か言えば、墓穴《ぼけつ》を掘《ほ》ると思ったのかもしれない。

靴《くつ》を履《は》くと、不機嫌《ふきげん》な大股歩《おおまたある》きで砂浜を離《はな》れていく。咲太は仕方なくそのあとを追った。

「ついてくんな！」

「帰り道は一緒《いつしよ》なんだから、ケンカとかすんなよ。気まずいだろ」

「なんで、当事者が言うんだよ！」

「あ～、やな空気だな」

「……」

今度こそ、本当にのどかは何も言ってこなくなった。本気で怒《おこ》ったようだ。

結局、マンションに帰り着くまでの間、咲太とのどかに会話はなかった。定期的に咲太の方から話しかけたのだが、のどかは一言も発しなかった。目も合わせてくれなかった。

自宅に帰るまでの約三十分間に及んだ我慢《がまん》大会は、のどかに軍配《ぐんばい》が上がった。

「帰ったら、麻衣さんとちゃんと話せよ」

お互《たが》いのマンションの前で、咲太は別れ際にのどかにそう声をかけた。

「……」

相変わらず、のどかは無言。咲太の方を見ようともしない。こうなってはお手上げだ。

「じゃあな」

そう言って帰ろうとしたら、

「待って」

と、意外なことに呼び止められた。

「なんだよ」

のどかは相変わらず俯《うつむ》いたままだ。

「……帰りたくない」

「は？」

「しばらく泊《と》めてくんない？」

上目遣《うわめづか》いでようやく咲太《さくた》を見てくる。

「あんたには殆《ほとん》どばれちゃったし……今さら、お姉ちゃんの家に泊まれない」

確かに、秘密にしている事情が、実は相手に知られているという状況《じょうきょう》は気まずい。

「僕《ぼく》にばれたくらい気にすんなって。どうせ、麻衣《まい》さんにもばれてんだしさ」

「だから、なおさら無理だっつってんの！　この体じゃどこにも行けないし……」

理屈《りくつ》が通っている部分もあれば、通っていない部分もある。

「麻衣さんにはどう説明するんだよ」

「それは……」

「考えなしか」

「……あんたが上手いこと言って」

「僕が麻衣さんに怒《おこ》られるだろ、それ」

「泊めてくれないとあたしが困る」

「やだよ、面倒《めんどう》くさい」

「いいじゃん！」

「こら、ご近所さんに迷惑《めいわく》になるから、マンションの前で大声出さないの」

その声は背後から聞こえてきた。駅の方向から金髪《きんぱつ》の少女が戻《もど》ってくる。麻衣だ。

「どうかしたの？」

「……」

麻衣からの質問にのどかは答えない。答えられないと言った方が正しい。視線を落として、麻衣の追及に沈黙《ちんもく》を返している。

すると、麻衣の視線は咲太へと向けられた。

もちろん、その目は同じ質問をぶつけてくる。

ここはどう答えるべきだろうか。

正直、他人が口を挟《はさ》むべき問題ではないと思う。百歩譲《ゆず》ってその場に咲太が居合わせることになったとしても、言うのはのどかの口からの方が絶対にいい。当人同士が向き合うべき問題だ。

「……」

だが、沈黙を貫《つらぬ》くのどかに状況の打開を期待するのは難しいのも事実だった。ならば、多少荒療治《あらりょうじ》になったとしても、咲太が切《き》っ掛《か》けを作るしかない。俯《うつむ》いて黙《だま》っていても、事態は前に進まないのだ。

それに、麻衣なら、のどかの感情を上手に受け止めてくれるかもしれないという、期待感も咲太の中にはあった。

「豊浜《とよはま》さんは、麻衣さんと一緒《いっしょ》だと色々とあれなんで、うちに泊まりたいそうです」

「……」

裏切り者を見るような目で、のどかが睨《にら》んでくる。勘違《かんちが》いしてもらっては困るが、咲太《さくた》は常に麻衣《まい》の味方なのだ。

「理由は？」

当然の疑問を麻衣が淡々《たんたん》と口にする。

「……」

のどかは答えない。今もまだ俯《うつむ》いて黙秘《もくひ》を続けていた。これでは埒《らち》が明かない。

「え～っとですね」

今度も代わりに咲太が口を開いた。

「待って……」

と、躊躇《ためら》いがちにのどかが言葉を挟《はさ》んでくる。

「……自分で言う」

咲太に言われるくらいなら、自分で言った方がいいと思ったようだ。だったら、咲太がしゃしゃり出る必要はない。

「……あたしは」

少し間を空けて、のどかが重たい口を開く。

「あたしは……ずっと、比べられてきた」

ぽつりぽつりと語り出した。

「小さい頃《ころ》からずっと……役のオーディションに行っても、仕事を取れるのはいつも麻衣さんで、そのたびにあたしはお母さんから怒《おこ》られた。『麻衣ちゃんにできることが、どうしてのどかにはできないの』って……」

「……」

麻衣は何も言わない。視線も逸《そ》らさずにじっとのどかを見つめている。

「麻衣さんが芸能活動を休止して……あたしはやっとスイートバレットとしてデビューできたんだよ。お母さんも少しはやさしくなって、褒《ほ》めてくれた……なのに、なのに、活動再開ってなに⁉　特番のドラマでいい役を取って！　ＣＭもたくさんやって！　ファッション雑誌を見れば、毎月どっかの表紙にいて！　なんで、あたしの邪魔《じゃま》すんの！」

「……」

「あたしがやっとできるようになったこと、簡単に飛び越えて……いつも、みんなが見てるのは麻衣さんで、やっぱり、お母さんも麻衣さんのことばっかりになって！　あたしのがんばったこと、全部台無しにしないで！」

「……」

のどかの激しい感情に晒《さら》されても、やはり麻衣は何も言わなかった。表情にも変化はない。

むしろ、責め立てているのどかの方が苦しそうな顔をしていた。

それでも、今さらあとには退けず、のどかは最後まで視線を逸《そ》らさなかった。

「大嫌《だいきら》い……」

震《ふる》える声がひとつ落ちる。先ほどまでの感情の熱はすっかり冷め、のどかの瞳《ひとみ》には冷静さが宿っていた。

「お姉ちゃんなんて大嫌い」

張《は》り詰《つ》めた空気。周囲から音が消えていくみたいだった。

からからに乾《かわ》いた世界からは色さえも失われていく。

その灰色に染まった世界に、最初の言葉を生み落としたのは麻衣《まい》だった。

「そう、よかった」

ほっとしたように、麻衣が息を吐《つ》く。

「え？」

その意味がわからなかったのか、のどかは思わず素《す》の反応を示している。けれど、そのあとに続いた麻衣の言葉に、冷たい息を呑《の》むことになった。

「私ものどかのこと嫌いだったから」

淡々《たんたん》とした口調。その素《そ》っ気《け》なさは強烈《きようれつ》な冷気をはらんでいる。

「……」

のどかが硬直《こうちょく》するのも無理はない。「よかった」と言われて、少し油断したところにこの仕打ちだ。青ざめた表情からは深いショックが読み取れる。傷付いた顔をしている。正直、麻衣の反応には咲太《さくた》も驚《おどろ》いていた。

「先に人のこと『大嫌い』って言ったくせに、なんでのどかが驚くのよ」

言っていることは正しいが、反撃《はんげき》を予想していなかったであろうのどかのダメージは深刻だ。まさに顔面蒼白《そうはく》。何か言おうとしているようだが、震《ふる》える唇《くちびる》からは意味のある言葉は聞こえてこない。

自らが追《お》い詰《つ》めたのどかを視界に収めながら、麻衣はさらに口を開いた。

「私を捨てて出て行った父親が、よその女と作った子供なんて私には関係ない」

その言い分も、また正論だ。本来なら、出会うべきではなかったはずのふたり。

「全部父親の無神経が原因だけどね。出て行ったのもそうだし、最初に私とのどかを会わせたのもあの人なんだから」

「……」

のどかは、麻衣の顔を見ることもできず、アスファルトの一点を見据《みす》えたままでじっと刃物のような言葉に耐《た》えていた。

「別にのどかの振《ふ》る舞《ま》いが気に入らないって話じゃないけど、のどかに対する私のわだかまりもわかってて」

こう言われたとき、なんと答えるのが正解なのだろうか。理解した上で肯定《こうてい》するのもおかしな話だし、逆に否定してしまってはまた話が大きくこじれるだけだ。

「……」

今、のどかがしているように、俯《うつむ》いて沈黙《ちんもく》を守るのが正解なのだろう。白黒つけられないようなことは、人生の中にうんざりとするほど溢《あふ》れているのだ。

4

咲太《さくた》が湯船に浸《つ》かりながら考え事をしていると、前髪《まえがみ》の先端《せんたん》から落ちた汗《あせ》の滴《しずく》が静かだった水面を揺《ゆ》らした。

ふと我に返る。

長いこと風呂《ふろ》に入っていたらしく、体はすっかり茹《ゆだ》っていた。これ以上入っていたら、確実にのぼせてしまう。

考え事はまだ途中《とちゅう》だったが、咲太は湯船から上がることにした。

そもそも、何時間考えたところで、答えなど出ないことについて考えをめぐらせていたのだ。麻衣《まい》とのどかがお互《たが》いに抱《かか》えている感情。『嫌《きら》い』、『大嫌い』という言葉で表現できるほど単純なものではないと咲太は感じていた。もっと根の深い問題。身近な相手だからこそこじれていく家族の問題でもある。

他人がとやかく口を挟《はさ》む話でもない。

「将来、僕《ぼく》が麻衣さんと結婚するなら、家族の問題か」

体を拭《ふ》きながら、咲太は真顔でそう独り言をもらした。

そのあとで、短パンをはくと、上半身は裸のまま脱衣所《だついじょ》を出た。真っ直ぐリビングに向かう。

そこには人の気配があった。

ＴＶの前に座っているのは金髪《きんぱつ》の少女。リモコンを操作して、見るとはなしにチャンネルを回している。外見は豊浜《とよはま》のどかのものだが、中身は今も麻衣のままだ。

あの大ゲンカのあとで、一緒《いっしょ》にいられるはずもなく、咲太は麻衣に頼《たの》まれて泊《と》めることになったのだ。

玄関に咲太を迎《むか》えに来たかえでの反応は露骨《ろこつ》だった。咲太が連れてきた金髪の少女に怯《おび》えて、部屋の奥《おく》まで逃《に》げ帰《かえ》っていた。

「お、お兄ちゃんが不良に目覚めました」

「いや、目覚めてない」

「お兄ちゃんがジゴロになっちゃいました」

「どういう解釈《かいしゃく》をした、それ」

「また新しい女の人を連れてきてます」

「なるほど、そういう意味か」

ここ数ヵ月で、麻衣《まい》にはじまり、翔子《しょうこ》、理央《りお》と続いて、のどかだ。家に来た女子の名前を数えてみると、かえでの言い分も責められない気がした。

「で、でも、だいじょうぶですよ！」

なにやら力強くかえでが語りかけてくる。

「今度は何の話だ？」

「麻衣さんには秘密にしておきます」

「うん、ありがとう、かえで」

「『男には冒険が必要だ』って、お兄ちゃん、前に言ってました」

「いや、言った覚えはないな」

咲太《さくた》の弁解も虚《むな》しく、後ろに立っていた麻衣に思い切りお尻《しり》をつねられた。思わず、変な声が出そうだった。

そんな一波乱を起こしてくれたかえでは、もう寝《ね》てしまったらしく、リビングにはいなかった。時計を見ると十二時を回っている。子供は寝る時間だ。

「随分《ずいぶん》、ゆっくりだったわね。私のことでも考えてた？」

悪戯《いたずら》っぽく麻衣が聞いてくる。

「麻衣さんのことなら、常に考えてます」

「はいはい」

「ほんとなんだけどな」

「ほんとのほんとはどうなのよ」

「ちょっと、潜水艦《せんすいかん》ごっこに夢中になってただけです」

「……」

侮蔑《ぶべつ》交じりの呆《あき》れた顔。

「あれ、どんな遊びか知ってます？」

「今すぐその話題から離《はな》れないと怒《おこ》るわよ」

目が本気だったので、咲太は素直に口にチャックをした。しゃべる代わりに、冷蔵庫からスポーツドリンクを出して飲んだ。麻衣がCMのイメージキャラクターを務めている商品だ。目が合うと、満足そうに微笑《ほほえ》んでくれた。けど、すぐに笑顔をしまうと、

「その傷、消えないわね」

と、言ってきた。咲太の胸に刻まれた三本の爪跡《つめあと》。蚯蚓腫《みみずば》れのように少し変色して、二年前から変わらずに残っている。

「触《さわ》ります？」

「なんでよ」

「麻衣さんに触ってほしいから」

「バカ言ってないで早く上を着なさい」

ぷいっとそっぽを向かれてしまう。

「減るもんじゃないんで、好きなだけ見ていいですよ」

「のどかの眼球に、男子の裸《はだか》が焼き付いたら大変でしょ」

「彼女も子供じゃないんだし」

「まだまだ子供」

「その子供と大ゲンカしたのは誰《だれ》だったかなあ」

「あれは……」

反射的に反論しようとした麻衣《まい》だったが、途中《とちゅう》で口を噤《つぐ》んだ。気まずそうに言葉を濁《にご》し、TVを見るふりをしている。やっているのは深夜のスポーツニュース。ペナントレースも終盤《しゅうばん》を迎《むか》えたプロ野球のダイジェストが流れていたが、恐《おそ》らく、その情報は麻衣の頭には入っていないだろう。心が定まっていないように見えた。

「あれは本心じゃないって言おうとしたんですか?」

「本心よ」

麻衣が即答する。

「心の底からそう思ってた。今も思ってる」

声にも、表情にも、嘘《うそ》は見当たらない。

「でも、それが全部ってわけじゃなさそうですね」

「……」

今度は答えてくれない。でも、それは咲太《さくた》の言葉を肯定《こうてい》しているからのように思えた。

「嫌《きら》いにも、いろんな嫌いがありますし」

咲太はTシャツを着ると、麻衣の隣《となり》に座った。

肩《かた》が触《ふ》れそうな微妙《びみょう》な距離《きょり》。

「あんまり、くっつかないの」

咲太の肩を押《お》しながら、麻衣はわずかに離《はな》れた。

「隣に座るのもダメ？」

「なんか、押《お》し倒《たお》されそうだし」

「ばれたか」

「のどかの体にそんなことしたら、潜水艦《せんすいかん》ごっこができない体にするから」

この点について、麻衣の態度は一貫《いっかん》している。最初からそうだった。咲太がのどかの体に触れることを許さず、あれだけはっきり嫌いと言いながらも、親しげに『のどか』と名前で呼ぶことをやめない。

「風呂場《ふろば》での唯一《ゆいいつ》の楽しみがなくなるのはやだなあ」

「はあ。どうして咲太はこうもバカなのかしら」

「男なら誰だってやってますって」

「小学生とかならわかるけど……てか、この話はダメって言ったでしょ。のどかの口が穢《けが》れるじゃない」

「引っ張り出してきたの麻衣《まい》さんだよね」

「……」

不満そうな麻衣の瞳《ひとみ》が咲太《さくた》を映している。別に潜水艦《せんすいかん》ごっこの件を咎《とが》めているわけではないのだと思う。

麻衣は望まないケンカをしてのどかを傷付けた。自分自身も傷付いた。だから、もっと別の言葉……やさしい言葉をかけなさいと、麻衣は咲太に言っているのだ。恐《おそ》らくは……。

「素直になるのが一番だと思いますよ」

けれど、咲太が選んだのは、そんな言葉だった。態度ではやさしさを求めながら、きっと咲太が安直な慰《なぐさ》めを口にしたら機嫌《きげん》が悪くなる。そういう変な厳しさを麻衣は自分に対して持っているのを咲太は知っていた。

「正論なんて聞きたくない」

「拗《す》ねてる麻衣さん超かわいいなあ」

「それ、のどかがかわいいって意味？」

「うわー、もう面倒《めんどう》くせぇ」

怒《おこ》られるのを覚悟《かくご》で、遠慮《えんりょ》のない反応を返した。

「……」

無言で麻衣が睨《にら》んでくる。けど、すぐに表情から力を抜《ぬ》いて、

「今のはちょっと自覚してる」

と、苦笑いを浮《う》かべた。

「さて……お風呂《ふろ》借りるわね」

すっと麻衣が立ち上がる。リビングから出て行くのを見送っていると、脱衣所《だついじょ》に入る前に振《ふ》り返《かえ》った。

「覗《のぞ》いたら、刺《さ》すから」

「刺されるなら、麻衣さんの体に戻《もど》ってからにします」

人生最後の絶景になるなら、最高の状態で拝《おが》みたい。

「ばーか」

呆《あき》れ半分に笑うと、麻衣は脱衣所のドアをぴしゃりと閉めた。

しばらくして、シャワーの音が聞こえてくる。

「明日、元に戻ってるといいなあ」

リビングに残された咲太は、誰《だれ》にともなく甘い希望を呟《つぶや》いていた。

第二章

冷たい戦争はじめます

1

咲太《さくた》の想いも虚《むな》しく、翌日の朝を迎《むか》えても、事態《じたい》はなんら変化していなかった。とても残念な話だ。

しかも、困ったことに、一日、また一日と時間が経過するにつれて、深刻さは増しているように咲太は感じていた。事実上のケンカ別れとなった状況《じょうきょう》を、麻衣《まい》とのどかは日常として受け入れつつあるのだ。

気が付けば、あの日から十日が過ぎている。

体が入《い》れ替《か》わっている事情があるため、最低限の情報交換は行われているのだが、ふたりの間にそれ以上の会話はない。もちろん、それ以下のやり取りもなかった。

簡潔な業務連絡《れんらく》が事務的に行われるだけ……。その報告会にしても、決してふたりきりではやらない始末だ。集まるのは咲太の家で、当然のように咲太も毎回同席させられていた。

「何か報告は？」

「特にない」

「麻衣さんからは？」

「特にないわ」

「無理やり書かされた小学生の日記でも、もう少し何かあると思うんですけど」

「……」

「……」

　咲太が場を和ませようとしても、虚しい沈黙《ちんもく》の風が吹くだけだった。

　そんな状況なので、麻衣は未だに咲太の家で寝泊《ねと》まりをしている。『豊浜《とよはま》のどか』として咲太の家に居座っていた。

　お互《たが》いを『嫌《きら》い』、『大嫌い』と言い合ったあの日の気持ちは、今も宙ぶらりんのまま放置されているのだ。

　ふたりを隔《へだ》てた氷の壁《かべ》は、雪解けの気配すら感じさせない。日々、分厚く、巨大になっていっているのは気のせいではないだろう。地球温暖化が進む中で、麻衣とのどかのふたりは全力でその流れに逆らっていた。

　あの日の言葉……あれは、麻衣にしろ、のどかにしろ、一時の感情の高ぶりから出てきたものではなかったのだと思う。勢いで思わず口にしてしまった言葉ではなかった。

　自覚して、理解して、相手を傷付けるとわかっていながら放たれた言葉。

　ごめんと謝ったくらいで、お互い納得できるようなものではない。決別も覚悟《かくご》した上の言葉だったのではないだろうか。

　ただ、それゆえに、翌日からのふたりの態度は、咲太にはとてつもなく奇妙《きみょう》に思えた。ある一点において、ふたりの行動は共通していたのだ。

麻衣《まい》は、毎朝お嬢様学校の制服に着替《きが》えて出かけていき、放課後はアイドルグループ『スイートバレット』の一員として、レッスンスタジオに通っている。レッスンがない日は、自分で練習用の映像を確認しながらダンスを磨《みが》き、カラオケボックスにひとりで行って歌の練習をしていた。

のどかも似たようなもので、毎朝咲太《さくた》と学校に行き、誰《だれ》ともしゃべらずに一日を過ごし、麻衣のふりを完璧《かんぺき》に続けている。芸能人『桜島麻衣《さくらじま》』としての準備にも余念がなく、今も、のどかは学校帰りの電車の中で、表情を作る練習をしていた。スポーツドリンクのCM撮影《さつえい》が明日に迫《せま》っているのだ。

練習しているのは自然な笑顔。

ちょっとしたことで口論になった友達と、帰りの駅で偶然遭遇《ぐうぜんそうぐう》してしまうという気まずいシーン。お互《たが》い格好がつかずに、思わず笑みが零《こぼ》れてしまうといった感じのくすぐったい演技が要求される場面。

練習しているのどかの表情は、麻衣に似ていると思った。ただ、『麻衣っぽい』という感じで、違和感《いわかん》程度のぎこちなさは残っている。どことなくわざとらしい。それは、麻衣の演技からは感じたことのないものだった。

「どう？」

演技の笑顔をしまうと、真顔でのどかが尋《たず》ねてきた。

「そういうのは麻衣さんに聞いた方がいいんじゃないのか」

「誰もそんなこと聞いてない」

「じゃあ、素人の僕《ぼく》に聞かれても困る」

「あ、そ。もういい」

不機嫌《ふきげん》そうにのどかが顔を背《そむ》ける。けど、すぐに表情の練習を再開していた。この二、三日はずっとこんな感じだ。少しでもよくしようと、時間を惜しむように試行錯誤《しこうさくご》を続けている。のどか自身も麻衣と何かが違《ちが》うと感じているのだろう。それが焦《あせ》りとなり、その焦りから逃《のが》れるために練習を行っている。

そんな切迫《せっぱく》したのどかの横顔を眺《なが》めているうちに、電車は終点の藤沢《ふじさわ》駅に到着《とうちゃく》した。

「僕はバイトなんで」

ホームに降りながらそう声をかけた。

「それ、朝聞いた」

「寄り道しないで帰れよ」

「明日撮影で、そんな余裕《よゆう》あるかっつーの」

改札を出てすぐに、のどかとは別れた。のどかの後ろ姿は、真っ直ぐ家の方へと遠ざかっていく。帰宅後は、先ほどの言葉通りで、明日の撮影に備えて準備を続けるつもりのようだ。『大《だい》嫌《きら》い』な麻衣《まい》になりきるために……。

「女って、よくわかんないな」

のどかの後ろ姿が完全に見えなくなったところで、咲太《さくた》はぽつりと呟《つぶや》いた。

バイト先のファミレスには、シフトの時間より十分ほど早く着いた。

「おはようございます」

店長に挨拶《あいさつ》をしながら着替《きが》えるために休憩《きゅうけい》スペースに向かう。そこには先客がいた。イマドキな感じのふんわりショート。丸椅子《まるいす》にちょこんと座っている小柄《こがら》な彼女は、峰ヶ原《みねがはら》高校の後輩《こうはい》でもある古賀朋絵《こがともえ》だ。

すでにウェイトレスの制服には着替えている。休憩スペースのテーブルにファッション雑誌を広げて、熱心に最新のトレンドを勉強しているようだ。

開かれたページの冒頭には、『秋の女子力向上マストアイテム!』と大きな文字で書かれていた。

「おはようさん」

頭の上から声をかける。

「あ、先輩《せんぱい》。おはよう」

「それ以上女子力上げてどうすんだよ」

「勝手に見ないで」

机の上に覆《おお》い被《かぶ》さって、朋絵が記事を隠《かく》そうとする。別に見られて恥《は》ずかしいものでもないと思うのだが……。

「お前、今、女子力いくつだ？」

どうでもいい質問をしながら、咲太は休憩スペースの壁際《かべぎわ》に設置されたロッカーの裏に入った。そこが男子更衣室《こういしつ》になっているのだ。

「……5くらいかな」

かなり控《ひか》えめな数字。

「いや、古賀は53万くらいあるだろ」

「あるわけないじゃん。桜島《さくらじま》先輩じゃあるまいし。今月の表紙もすごいかわいいし……」

「ん？　麻衣さん載《の》ってんの？」

まだ半分しか着替えていなかったが、咲太はロッカーの裏から出た。『麻衣』と聞いて黙《だま》ってはいられない。

「きゃっ！　先輩、セクハラ！」

顔を真っ赤にした朋絵が雑誌を目の高さに持ち上げてガードする。本当に、表紙を飾《かざ》っているのは麻衣だった。秋物のコートを着て華《はな》やかに映っている。大人っぽくて、どこか悪戯《いたずら》っぽい笑み。大変すばらしい表情だ。

「先輩《せんぱい》、早く服着て！　ほんとに警察呼ぶよ」

朋絵《ともえ》がスマホを出して威嚇《いかく》してくる。

「上はちゃんと着てるだろ」

「下をはいてって言ってんの！」

「パンツならはいてんじゃん」

「はいてなかったら、もう110番してた！」

これ以上は本当に通報されそうだったので、咲太《さくた》は大人しくロッカーの裏に引っ込んだ。ズボンをはいて、エプロンをして再び表に出る。

頰《ほお》を膨《ふく》らませた朋絵は目を合わせてくれない。ご立腹のようだ。

テーブルを挟《はさ》んだ正面に座って、咲太はファッション雑誌に視線を落とした。

やはり、何度見ても表紙の麻衣《まい》はいい表情をしている。麻衣のふりをしているのどかとは自然さという点で決定的に違《ちが》っていた。

ぱらっとページをめくる。冒頭の数ページにも麻衣は登場していた。白のニット、エレガントなスカート、ラフなパーカーまでずらりと見事に着こなしている。

他のモデルと一緒《いっしょ》に写っている写真もあり、その中には麻衣が友達だと言っていた『上板《かみいた》ミリア』の姿もあった。オープンテラスのカフェでお茶をしている風なショットだ。

「あげないからね」

咲太《さくた》に取られまいと、朋絵《ともえ》が雑誌を手元に引き寄せる。

「あたし、まだ全部見てないし。研究中だし」

「いいよ。僕《ぼく》は実物見るから」

本当の意味で『実物』の麻衣《まい》を見られる日はいつ来るのだろうか。今のところ見通しは暗い。お先真っ暗だ。

そんなことを考えながら、咲太は自分と朋絵の分のタイムカードを通した。

「先輩《せんぱい》」

「ん？」

返事をしながら肩越《かたご》しに振《ふ》り向《む》くと、本気で引いた目をした朋絵がいた。

「今の台詞、すっごい気持ち悪い」

髪《かみ》をくしゃくしゃにしてやろうと手を伸ばす。だが、事前に察知したのか、すでに朋絵は後ろへ逃《に》げていた。何やら勝《か》ち誇《ほこ》った笑みを浮《う》かべている。

仕返しはあとですることにしよう。


午後の四時を迎《むか》えたファミレスの店内は落ち着いていた。昼食には遅《おそ》すぎるし、夕食には早い時間だ。少し遅めのティータイムがだらだらと経過している。

席の半分以上は埋《う》まっていても、客からのオーダーはドリンクバーとデザートのセットが殆《ほとん》ど。他は軽めの食事くらいだったので、フロアもキッチンも余裕《よゆう》を持って回せていた。

慌《あわ》ただしくなるのは、六時を過ぎたあたり……ディナータイムに突入《とつにゅう》してからだ。

朋絵が熱心に働いてくれるおかげもあって、咲太はできあがった料理のお届けと、レジを打っているだけで済んでいた。

また一組、お会計を終えたところで、店内に来客を知らせるベルが鳴る。

「先輩、お願い」

そう言ってきたのは、食器を下げている真っ最中の朋絵だ。

「かわいい後輩《こうはい》の頼《たの》みじゃ仕方ないな」

「接客は普通《ふつう》に先輩の仕事！」

むっとした朋絵が注意してくる。今日はここまで楽をしていたのがばれているようだ。

「かわいい後輩だということを、ついに認めたな」

「訂正《ていせい》するのが、もう面倒《めんどう》になったの」

呆《あき》れた声を残して、朋絵は奥《おく》へと消えてしまった。

からかう相手もいなくなったところで、咲太は来客を迎えるためにレジを出た。

「いらっしゃいませ」

そう声をかけた咲太に、

「一名です」

と、ドア口に立つ少女が言ってきた。お嬢様学校の清楚《せいそ》なセーラー服。それを派手な金髪《きんぱつ》で台無しにしてしまっているアンバランスな少女。

どうぞ、と促《うなが》しながら、

「麻衣《まい》さん、どうしたの？」

と、咲太《さくた》は小声で話しかけた。

案内した席に麻衣が座る。のどかの外見をした麻衣だ。

「歌の練習の前に、何か入れておこうと思って。お腹減るから」

「なるほど」

今日のようにレッスンが組まれていない日は、カラオケボックスに通って麻衣は歌の練習をしている。喉《のど》の調子と相談しながら、一日、一、二時間程度。家に帰ったあとは、咲太の部屋でダンスの確認をするのがひとつのパターンになっていた。

それらをがむしゃらにやるのではなく、麻衣は淡々《たんたん》とこなしているというのが咲太の印象だった。

手を抜《ぬ》いているのとは違《ちが》う。地味にしか見えない反復練習を、文句を言わずに黙々《もくもく》と続けている。ストイックという表現がよく似合うがんばり方だ。

ひとつずつ積み上げていく以外に、上達する術がないことを麻衣は知っているのだろう。それが一番の近道であることを麻衣はわかっているのだと思う。だから、焦《あせ》ったり、過度な練習をしたりもしない。体の調子と相談しながら続けている。

この辺のスタンスは、焦りが態度に出ているのどかとはまったく違っていた。いかにもプロフェッショナルという感じで隙《すき》がない。

その麻衣がメニューのページをめくっていると、何かに気づいて顔を上げた。鞄《かばん》に手が伸びる。ポケットからスマホを取り出していた。

本来はのどかの持ち物であるスマホ。お互《たが》いがお互いになりきるために、スマホも交換《こうかん》して持っているのだ。

画面の文字を麻衣が目で追っている。

「また、お母さんですか？」

咲太が聞くと、麻衣はスマホから目線を上げた。

「そう。今日も朝から五十通くらい届いてる」

お母さんとはもちろんのどかのお母さんだ。

娘が家出をしていることを考えれば、連絡《れんらく》が頻繁《ひんぱん》に来るのも仕方ないのかもしれない。心配しているのだろうから。

だが、麻衣から伝え聞いたメールの内容は、少々首を捻《ひね》りたくなる部分もあった。のどかに配慮《はいりょ》して、実際に見せてもらったわけではないのだが、「早く帰ってきなさい」という内容以上に、「歌のレッスンはしているの？」とか、「今日はダンスの確認をしたの？」とか、「新曲は、センターで歌えるようにがんばりなさい」とか、アイドルの活動に言及したものが多いらしい。

今も、麻衣《まい》の表情には困惑《こんわく》が見て取れたので、そういう内容だったのではないだろうか。

「これ、お願い」

スマホをしまうと、麻衣はパスタのページの一番上を指差して咲太《さくた》を見上げてきた。

「トマトソースのスパゲティですね」

オーダーの端末《たんまつ》に頼《たの》まれた料理を打ち込む。マニュアルに従えば、丁寧に一礼をしてテーブルから離《はな》れる場面だ。

けれど、咲太はまだオーダーを取っているような素振《そぶ》りで麻衣に話しかけた。

「明日のＣＭ撮影《さつえい》に備えて、今日も表情を作る練習に励《はげ》んでましたよ」

主語はなくても誰《だれ》のことかはわかるはずだ。

「なによ、急に」

麻衣が怪訝《けげん》な顔をする。

「本当はその辺のことを聞きに来たのかなあと思って」

「本当は彼氏の顔を見たくなって寄ったのよ」

麻衣の余裕《よゆう》は崩《くず》れない。

「うわー、うれしいなあ」

本当だったら、最高にうれしい話だ。けど、もしそれが本当なら麻衣は絶対に口に出さないと思う。だから、言わないことがこの場においては『本当』なのだ。

「素直に喜びなさいよ」

咲太の棒読《ぼうよ》みの返事に、麻衣が露骨《ろこつ》にむっとする。

だが、素直じゃないのは麻衣の方だ。本当はのどかのことが気になっているはず。だけど、あんなケンカをしたあとなので、自分から様子を窺《うかが》うようなことができないでいる。だから、咲太が気を利かせたというのに……話題に出したら出したでこの始末だ。

かと言って、咲太が言わなかったら言わなかったで、「気づいているくせに、しらばっくれるな」と足を踏《ふ》んできただろう。間違《まちが》いなく踏んできた。

一体、どうしろと言うのだろうか。どっちも不正解というのは酷過《ひどす》ぎる。すばらしい理不尽《りふじん》さだ。ますます好きになってしまう。

「こら、ひとりでにやにやするな」

「麻衣さんのこと考えてたら、つい」

「そ、ならいいけど」

「アドバイスがあれば聞いておきますよ」

「のどかがほしいって言ったの？」

「いいえ」

「じゃあ、言わない」

「やっぱり、気になってんだ」

「私の体で、私の仕事だもの。当然でしょ」

これは否定しようのない本心だ。他人に自分の体を預けておいて、気にならない方がおかしいと思う。

「ま、そりゃそうですね」

「ほら、サボってないで咲太《さくた》は仕事しなさい」

「ほんとに、彼女に声かけなくていいんですか？」

「咲太、しつこい」

珍《めずら》しく麻衣《まい》が逃《に》げるように視線を逸《そ》らした。

「大丈夫《だいじょうぶ》よ。劇団で教えられたことを思い出せば、問題なくできる」

真っ直ぐ前を向いたままでそんなことを言う。

「今は、忘れてるみたいな言い方ですね」

「……」

それに麻衣は答えない。

「先輩《せんぱい》、レジ」

後ろから朋絵《ともえ》に声をかけられた。

「かわいい後輩《こうはい》が呼んでるわよ」

わざとらしい言い回し。咲太を困らせて楽しんでいるときの顔だ。だから、もうのどかの話をしても聞き流されるだけだと思った。

それに、バイト中はバイトを優先するべきなので、咲太は麻衣のテーブルを離《はな》れてレジへと向かった。

それからは来客が続き、しばらく忙《いそが》しくなった。落ち着いた頃《ころ》には、麻衣はもう帰ってしまったあとだったので、どうすることもできなかった。

「麻衣さんが大丈夫《だいじょうぶ》だって言うなら、大丈夫なのかもな」

それでも、咲太の胸には、もやもやしたものが残っていた。

2

咲太の晴れない気分とは裏腹に、翌日の九月十二日は快晴だった。澄《す》んだ青白い朝の空。顔を出したばかりの太陽の日差しを遮《さえぎ》る雲はない。

始発電車の車窓から見える海面は、そんな太陽の光を反射して宝石のように輝《かがや》いていた。

「ふあ～」

眩《まぶ》しさに目を細めながら、咲太は大きなあくびをした。

早起きは眠《ねむ》い。

今朝は五時起き。制服に着替《きが》えて家を出たのは、わずか二十五分後の五時二十五分。十分歩いて、三十六分発の電車に乗った。江《え》ノ電藤沢《でんふじさわ》駅を出発する始発電車だ。

そして、今は五時五十分くらいだろうか。先ほど、藤沢駅から六個目となる腰越《こしごえ》駅を出発している。

さすがにこの時間だと、峰《みね》ヶ原《はら》高校の生徒は見かけない。というか、そもそも乗客自体が数えられるほどしかいなかった。咲太《さくた》と同じ車両に乗っているのは、まだ入社一年目といった感じのスーツ姿の男性だけだ。

「ふあ～あ～」

再度あくびが出たところで、電車は鎌倉《かまくら》高校前駅に停車する。ゆっくりと席を立った。

咲太の通う峰ヶ原高校があるのは次の七里《しちり》ヶ浜《がはま》駅だが、わざわざこんな早朝から活動しているのはそもそも学校に行くためではない。

咲太は目の端《はし》に溜《た》まった涙《なみだ》を拭《ぬぐ》いながら、駅のホームに降りた。

すぐに多くの人の気配を感じた。普段《ふだん》であれば、通学の時間以外は駅員さんもいない小さな駅だ。だが、今は活気づいた雰囲気《ふんいき》がある。

見慣れない大型のカメラを担ぐ男性。白い板を持って構えている人もいる。レフ板というやつだろうか。

長い棒《ぼう》の先端《せんたん》にマイクを吊《つ》るしたショートカットの女性が、「失礼します」と言って、咲太の前を横切っていった。

集まっているのは、これからここで行われるＣＭ撮影《さつえい》のスタッフたちだ。

なんとなく様子を観察していると、

「すいません、こちらの改札からお願いします」

と、若い女性のスタッフに声をかけられた。「これから撮影がありまして」と、簡単に事情を説明されつつ、改札の外へと出される。その誘導《ゆうどう》は丁寧《ていねい》で、高校生の咲太が相手でもしっかりしていた。

今のところ、『桜島麻衣《さくらじままい》』の姿は見当たらない。

けれど、どこにいるのか見当をつけるのは簡単だった。駅を出てすぐのところに、白のマイクロバスが止まっていた。窓ガラスはスモークで車内の様子はわからないが、恐《おそ》らく『桜島麻衣』が撮影の準備をしているのだろう。衣装に着替えたり、メイクをしたり、打ち合わせなどもあるのかもしれない。

咲太は踏切《ふみきり》を渡《わた》ると、海沿いを走る国道１３４号線の歩道に回った。線路のすぐ脇《わき》を通るこの歩道から駅を見上げると、少し高い位置にあるホームは舞台《ぶたい》のようにも見える。

さすがに早い時間帯だけに、周囲に野次馬はいなかった。近くにいるのは、咲太だけだ。

こんな風に、利用客の少ない時間帯を狙《ねら》って、色々な撮影が行われているのだと、昨日の夜に麻衣から教えてもらった。朋絵《ともえ》が持っていたファッション雑誌の写真……おしゃれなオープンテラスのカフェのやつも、朝の六時に撮影《さつえい》したものらしい。照明の当て方などで昼間の空気を作っているのだと言っていた。

「僕《ぼく》に芸能人は無理だな」

今日だって、麻衣《まい》に起こされて半ば無理やりに送り出されなければ、ここにはいなかっただろう。

そんなことを考えていると、

「桜島《さくらじま》麻衣さん、入りまーす」

という、スタッフの元気な声が聞こえてきた。

マイクロバスのドアが開いて、中から『桜島麻衣』が出てくる。衣装は、よく見る感じの学校の制服。紺《こん》のブレザー。どこかの高校の制服という設定だろうか。冬服なのは、恐《おそ》らく放送時期が秋以降だから。

早朝とは言え、残暑は厳しいので、長袖《ながそで》フル装備は辛《つら》そうだ。それでも、涼《すず》しい顔で秋の演技をしなければならないというのは、真似ができる気がしない。

出てきた『桜島麻衣』を、スタッフが作業の手を一旦《いったん》止めて拍手《はくしゅ》で迎《むか》え入《い》れる。一応、近隣《きんりん》の住人に配慮《はいりょ》したささやかな拍手。

前に進み出た『桜島麻衣』は、「よろしくお願いします」と深くお辞儀《じぎ》をした。

彼女の正体が、実は『豊浜《とよはま》のどか』だと知っているのは、ここには咲太《さくた》しかいない。

「早速テストいきます。電車来る前に」

　現場を仕切っているのは三十代前半にも、四十代後半にも見える男性。下は半ズボン、上は半袖《はんそで》のジャケットという若々しいスタイルなのだが、よく見るとかなり白髪《しらが》は多い。周囲の反応を見る限り、年齢不詳《ねんれいふしょう》のあの男性が現場の監督《かんとく》のようだ。

「お願いします」

　再度、お辞儀をしてから、のどかは駅のベンチに座りスタンバイする。その姿をカメラのレンズが捉《とら》えていた。

「次の電車、まだ平気だよね？」

　監督が、スタッフに確認していた。

「四分後なので、平気です」

「じゃあ、いきます」

　監督の合図で、テストがスタートした。

　その瞬間《しゅんかん》、現場の空気が変わった。先ほどまで盛んにやり取りを交わしていたスタッフたちがぴたりと黙《だま》り、ただ一点に集中している。『桜島麻衣』の演技に、全神経を傾《かたむ》けている。息を呑《の》むような緊張感《きんちょうかん》。いや、刺《さ》すような緊張感が漂《ただよ》っていた。全身に鳥肌《とりはだ》が立ち、見ているだけなのに、咲太まで息苦しさを感じた。

　その中で、のどかは『桜島麻衣』として、カメラの方から歩いて来た友人に気が付き、困った顔で笑いかけるという短い演技を披露《ひろう》した。

「はい、止めます」

たったの十秒程度の時間だったと思う。それがやたらと長く感じた。

監督《かんとく》は撮影《さつえい》した映像をモニターに映《うつ》して確認している。

のどかの側には、腰《こし》にポーチを吊るした女性スタッフが駆《か》け寄《よ》っていた。髪型《かみがた》の仕上がりを整えている。ヘアメイクさんのようだ。ぺたぺたと『麻衣《まい》』の体に触《ふ》れている。大変羨《うらや》ましい。

モニターから離《はな》れた監督は、『桜島麻衣《さくらじままい》』に歩み寄ると、身振《みぶ》り手振《てぶ》りを交えながら何かをのどかに伝えていた。そのひとつひとつにのどかは頷《うなず》いている。だが、遠くから見ていてもわかるほどに、のどかの表情は硬《かた》かった。今はメイクでごまかせているが、本当は青白い顔をしているんじゃないだろうか。

それでも、『桜島麻衣』としての体裁を保とうと、のどかは笑顔を見せている。それが、咲太の目には妙《みょう》に痛々しく映った。

そこへ、踏切《ふみきり》の警報《けいほう》が割り込んでくる。鎌倉《かまくら》方面から来る電車だ。

「電車一本待って、本番いきます」

言っている側からやってきた緑とクリーム色の電車は、撮影のことなど気にした様子もなく駅に止まる。誰《だれ》の乗り降りもないまま、駅から走り出した。その後ろ姿は、ゆっくりと遠ざかり、やがて、走行音も届かなくなる。

風で乱れた前髪《まえがみ》を、ヘアメイクさんが整えている。その間、のどかは少し俯《うつむ》いて深呼吸を繰《く》り返《かえ》していた。

「オッケーです」

肩《かた》から前に垂らした髪のカーブを最後に調整して、ヘアメイクさんはカメラの後ろへと戻《もど》ってきた。

それを受け、カメラマンが『桜島麻衣』を捉《とら》える。照明さんがライトを掲《かか》げ、奥《おく》では大柄《おおがら》な男性スタッフがレフ板を持ち上げた。音声さんがマイクを準備する。

その場にいる全員の意識が一点に集中していた。『桜島麻衣』を中心にして、大人たちがひとつのものを作り上げようとしている。

そこに込められた感情がなんであるのか、咲太は今さらのように理解した。

先ほど、咲太が息を呑《の》むような緊張感《きんちょうかん》だと思ったもの。

刺《さ》すような緊張感だと思ったもの。

その正体は、この現場を支える監督やカメラマン、ヘアメイクに照明、音声……他、すべてのスタッフが『桜島麻衣』に寄せている信頼《しんらい》だ。

年齢《ねんれい》で言えば一番下の麻衣を仕事相手として認めている証拠《しょうこ》。

麻衣をプロだと認めている証が態度となって表れている。そして、その麻衣の実力に見合った仕事をしようと全員が真剣《しんけん》に取り組んでいるのだ。

「……」

そうした感情は、本来心地《ここち》よいもののはずだ。

人から信頼《しんらい》されて、必要とされて、一緒《いっしょ》の仕事が楽しいと言われる。うれしくて仕方がないことのはず。

だが、絶対的な信頼を寄せられたのどかはひたすら不安そうで、見ているこっちがそわそわした気分になった。胃の辺りには締《し》め付《つ》けられるような痛みがあった。

「では、本番、回します」

監督《かんとく》の一言で、現場の空気はまた一段と引き締まった。その声に、ずっと俯《うつむ》いたままだったのどかは急に顔を上げた。すぐに眩《まぶ》しそうに目を細める。太陽の光を反射する目の前の海に、目がくらんだのかもしれない。

だが、それだけではなかった。済まされなかった。

次の瞬間《しゅんかん》、のどかの上体がぐらついた。真っ直ぐ座っていることができずに、横に倒《たお》れていく。ベンチに手を突《つ》いて一度は体を支えようとしたがダメだった。自分の重さに負けて、ベンチに寝《ね》そべってしまう。

「一旦《いったん》、止めて！」

役者の異変に監督が撮影《さつえい》を止める。ヘアメイクの女性が即座に駆《か》け寄《よ》っていた。後ろからはパンツスーツ姿の女性も割り込んでいく。必死に「麻衣《まい》さん？　麻衣さん？」と呼びかけていた。マネージャーさんかもしれない。

急いで踏切《ふみきり》を渡《わた》った咲太《さくた》は、混乱に乗じて駅に近づいた。案山子《かかし》みたいにぽつんと立った簡易改札機の脇《わき》から様子を窺《うかが》う。

のどかは喉《のど》の奥《おく》が苦しそうに呼吸を繰《く》り返《かえ》していた。何かを吐《は》き出《だ》したいのに吐き出せない感じ。女性スタッフのひとりが心配そうに背中をさすっている。

「ゆっくり呼吸して」

何度も同じ言葉がのどかにかけられる。それに、のどかは辛《かろ》うじて頷《うなず》いていた。

五分ほどして、呼吸の方はだいぶ落ち着いてきた。だが、たった数分で酷《ひど》くやつれた『桜《さくら》島《じま》麻衣』を目の当たりにして、誰《だれ》も撮影を再開しようとは言い出さない。

のどかは、ふたりの女性スタッフに支えられながらマイクロバスの中へと消えてしまった。

残された撮影スタッフたちは、一様に呆然《ほうぜん》とした表情を浮《う》かべていた。誰もが信じられないと言いたげな目をしていた。

その後、『桜島麻衣』がマイクロバスから下りてくることはもうなかった。三十分ほど状況《じょうきょう》を見守っていた咲太だったが、やがて、バスはのどかを乗せたまま走り出したのだ。

近くにいたスタッフの話では病院へと向かったらしい。真っ当な判断だと思う。

結局、一テイクも、一カットも撮《と》れないまま、この日の撮影は中止となった。

のどかを乗せたマイクロバスを見送ったあと、咲太《さくた》は一旦《いったん》家に帰ることにした。駅の時計を見たら、まだ七時になったばかりで、学校に行くには早すぎる。かと言って、どこかで時間を潰《つぶ》すにしても行くあてなどなかった。

撮影《さつえい》機材を片付け、素早く撤収《てっしゅう》していくスタッフたちの間をすり抜《ぬ》けて、咲太はホームに入ってきた藤沢《ふじさわ》行きの電車に乗り込んだ。


ぼんやりと電車に揺《ゆ》られること約十五分、終点の藤沢駅に到着《とうちゃく》した咲太は、自宅マンションに向けて歩き出す。

「ほんと、嫌《いや》な予感って当たるよな」

さすがにここまでの事態は予想していなかったが……。

「咲太」

公園の脇《わき》に差《さ》し掛《か》かったところで、背後から名前を呼ばれた。

振《ふ》り向《む》く前に、軽快な足音が近づいてきて、すぐに隣《となり》に並ぶ。現れたのは、下はジャージ、上はTシャツ姿の金髪《きんぱつ》少女。足元は走りやすいようにランニングシューズだ。

普段《ふだん》はサイドでボリュームを出している髪《かみ》を、今は邪魔《じゃま》にならないように後ろでまとめていた。

すでに結構な距離《きょり》を走ってきたのだろう。滴《したた》り落《お》ちる汗《あせ》を吸ったTシャツはピタッと張り付き、下に着ているタンクトップが透《す》けて見えていた。

麻衣《まい》はこうして毎日早朝にランニングをしている。別に麻衣としての日課ではない。『豊浜《とよはま》のどか』として、ライブに備えた体力づくりをしているのだ。

今日くらいは一緒《いっしょ》にCMの撮影現場を見に行こうと誘《さそ》ったのだが、「朝は走るから無理」と素《そ》っ気《け》なく断られた。その言葉通り、麻衣は今日も走っている。

「おかえり」

なんでもないように麻衣が言ってくる。

「ただいま」

「どうだった？」

もちろん、聞いているのは、のどかのことだ。

「このしょんぼりした顔を見てわかりませんか？」

「肩落《かた》として歩いてるから、ダメだったのはわかるけど……何度か撮《と》り直《なお》して、一応は終わったんでしょ？」

横目に映した麻衣に、自分の言葉を疑っている様子はない。昨日、意味深な態度ではあったが、撮影は乗り切れる前提でいたのは本当だったようだ。

「いや、それがそれ以前の話でした」

「どういうこと？」

咲太《さくた》の顔を横から見上げる麻衣《まい》の表情は曇《くも》っている。咲太が渋《しぶ》い顔をしているのだから仕方がない。

「は？」

「本番撮《と》る前に、目を回して倒《たお》れたんですよ」

まったく予想していなかったのか、麻衣が珍《めずら》しく素《す》っ頓狂《とんきょう》な声を上げる。

「なによ、それ。体調悪かったの？」

「たぶん、元気でした。肉体的には」

「じゃあなに？」

「麻衣さん、本当にわからない？」

「私は現場見てないんだから、わかりっこないでしょ」

呆《あき》れたように、麻衣は両手を腰《こし》に当てていた。走って乱れた呼吸を、ゆっくり整えている。

「痛感したんだと思いますよ」

「なにを？」

「『桜島麻衣《さくらじまい》』に寄せられる信頼《しんらい》の厚さとか、期待の大きさとかを」

「……」

いまいち、麻衣はわかっていないという表情だ。

もしかしたら、どれだけ説明しても麻衣には理解できないことなのかもしれない。あの空間が麻衣にとっての日常なのだ。現場にいたスタッフたちも、突然《とつぜん》倒れた『桜島麻衣』に目を丸くしていた。どうして突然倒れたのかが、わからなかったのだと思う。恐《おそ》らく、今も想像すらできていない。

咲太は部外者だから気づいたのだ。感じたのだ。彼らにとっては当たり前になっているであろう、『桜島麻衣』を中心とした撮影《さつえい》現場の空気に含《ふく》まれた絶対的な信頼と、圧倒的《あっとうてき》な期待の大きさを……。それが当然のようにそこに存在しているのだから、麻衣のふりをしているのどかとしては、たまったものではなかったことだろう。

「そういうのが、彼女にとっては全部プレッシャーになったんじゃないですかね。ま、僕《ぼく》の想像ですけど」

「……そう」

ぽつりとした返事。声には出していたが、実感がこもっているようには聞こえなかった。いまひとつぴんと来ていない印象を受ける。

それから家に帰るまで、麻衣は一言もしゃべらなかった。咲太も何も言わないでおいた。麻衣は何か考え事をしているようだったから……。

家に帰ると、咲太は朝食の用意をした。咲太とかえでの分だ。麻衣はもう済ませてあると言っていた。その麻衣は、汗《あせ》を流すために今はシャワーを浴びている。

そのため、朝食のテーブルは咲太《さくた》とかえでのふたりで囲んでいた。今日の献立《こんだて》は、トーストとハムエッグ。ハムと卵は別々に焼いたので、正しくは『ハムとエッグ』だが。

こんがり焼き色のついたトーストをかじる。サクッと香《こう》ばしい音がした。ハムとエッグは折りたたんで一口で押《お》し込《こ》む。飲み込めば朝食は終了だ。

かえでの方は、トーストに塗《ぬ》ったマーガリンが生地に染《し》み込《こ》むのを待っているようだ。ようやくかぶりついた。

マーガリンの染み込み具合が絶妙《ぜつみょう》だったのか、かえでは幸せそうに表情をとろけさせている。

「サクサクとしとしとの共演です」

「よかったな」

妹が幸せそうなのは、兄としては大変喜ばしいことだ。

ささやかな喜びに咲太が浸《ひた》っていると、廊下《ろうか》の方で物音がした。麻衣《まい》がお風呂《ふろ》から出てきたようだ。少し遅《おく》れてドライヤーを使う音が響《ひび》いてくる。その騒音《そうおん》がやむと、今度はぱたぱたというスリッパの足音が近づいてきた。

「お風呂、ありがと」

リビングに顔を出した麻衣がそう言ってくる。生足が眩《まぶ》しいショートパンツに、半袖《はんそで》パーカーのルームウェアスタイル。

「足ばっか見んな」

咲太の視線の行方に気づいた麻衣がすかさず指摘《してき》してくる。口調は完全にのどかのものだ。

「かえでちゃん、おはよ」

「おはようございます、のどかさん！」

トーストを飲み込んでから、元気にかえでが答えた。さすがに、かえでに本当のことを言うわけにもいかず、麻衣はのどかとしてここで生活をしている。

最初こそ、金髪《きんぱつ》女子高生の威圧感《いあつかん》に怯《おび》えていたかえでだったが、一緒《いっしょ》になすのにご飯をあげたり、小説の話題で盛り上がったりしているうちに、すっかり警戒心《けいかいしん》はなくなっていた。「実は、麻衣さんの妹なんだ」と教えたことも、早々に打ち解けられた理由としては大きいと思う。実際、「麻衣さんの妹さんなら安心です」とかえでは言っていた。いまいち根拠《こんきょ》はわからないが、かえでが麻衣に心を許しているのは間違《まちが》いなさそうなので、咲太としてはうれしい限りだった。『家族』と『彼女』の関係は、良好な方がいいに決まっている。

「あたし、着替《きが》えたら出るから」

言うなり、麻衣は廊下の方へ引っ込んでいく。その姿は咲太の部屋へと消えた。

「ごちそうさまでした」

向き直ると、かえでのお皿も空っぽになっていた。

「ごちそうさま」

流し台に空いたお皿を持っていく。かえでも自分の分を持ってきた。ささっと洗って、水切りに立《た》て掛《か》ける。

それが終わると、咲太《さくた》は自分の部屋へと向かった。麻衣《まい》が出かける前に、話しておきたいことがある。

もう着替《きが》え終わっているだろうと思い、咲太は気にせずにドアノブを摑《つか》んだ。そもそも、ここは咲太の部屋なのだ。

「きゃっ」

咲太がドアを開けた途端《とたん》、押《お》し殺《ころ》した悲鳴が聞こえた。

驚《おどろ》いた顔で金髪《きんぱつ》の女子が振《ふ》り向《む》いている。スカートのホックを留めている真っ最中。残念ながら、もう殆《ほとん》ど着替えは終わっている状態《じょうたい》だ。

それでも、麻衣は無言で枕《まくら》を摑むと、全力で咲太に放り投げてきた。

「ぶほっ」

顔面にクリーンヒットする。ドアは勢いよく閉められてしまった。

「ノックしろ、バカ！」

のどかモードで文句が飛んでくる。

とりあえず、ご要望にお応えしてノックをしてみた。

「今じゃないっつーの！」

それには返事をしなかった。

枕を脇《わき》に抱《かか》えて、ドアに背中から寄りかかる。

「あのさ、麻衣さん」

「話題を変える前に、きちんとした謝罪と、もうしないと誓《ちか》いなさい」

今度は麻衣の口調で怒《おこ》られた。

「すいません。もうしません」

返事は「はあ」という深いため息だ。

「それで、なに？」

「病院には行かないのかと思って」

単刀直入に咲太は聞いた。

「咲太から聞いた感じだと、精神面から来る過呼吸みたいだし大丈夫《だいじょうぶ》でしょ」

過呼吸。咲太も聞いたことのある単語だ。吸いすぎて逆に苦しくなるとか、そんな感じのやつだったはず。極度の緊張《きんちょう》を理由に発症《はっしょう》することもあると、前にＴＶで見た記憶《きおく》がある。

「だいたい、どこの病院か知ってるの？」

「それは、本人に連絡《れんらく》して聞けばいいかと」

「何のために？」

「弱っている今こそ、仲直りのチャンスだと思うけどなあ」

「考え方が姑息《こそく》」

言葉は辛辣《しんらつ》だが、麻衣《まい》の声は笑っていた。咲太《さくた》が本気で言っているわけではないことを麻衣はわかってくれている。咲太としては、多少姑息《こそく》でも仲直りができるなら、それでもいいような気もしてはいたが……。

「入っていいよ」

どうやら着替《きが》えは終わったようだ。

ドアを開けて、今度こそ自分の部屋に入る。

「最近、ここが自分の部屋じゃないような気がしてきた」

夏休みの間は、理央《りお》の部屋と化していたし、今は麻衣の部屋となっている。

「自業自得でしょ」

「え？　どこが？」

「女の子ばかり家に泊《と》めてるのは誰《だれ》よ」

楽しげに麻衣が笑う。咲太を追《お》い詰《つ》めて楽しんでいるときの顔だ。外見はのどかだが、雰囲《ふんい》気《き》は麻衣の体のときと変わらない。

ただ、それ以上は追及してこない。麻衣は机の上に鏡を置いて、メイクをはじめた。のどかのメイクだ。目元をぱっちりとさせた猫目《ねこめ》のメイク。

しばらくその様子を見守っていると、麻衣の方から話題を寄せてきた。

「悪いとは思ってる」

「ん？」

「家に上がり込んで、咲太を巻き込んでること」

「それは別にいいけど」

「けど……なに？」

「麻衣さんとの同棲《どうせい》生活は何かと刺激的《しげきてき》なので、僕《ぼく》の理性もそろそろ限界かなあ」

「だから、早くのどかと仲直りしろって咲太は言いたいんだ」

「結果的にそういう解釈《かいしゃく》もあるかなあ」

「なにが結果的によ。それを言うのが目的だったくせに」

「麻衣さんとスキンシップしたいのは、本当ですよ」

「踏《ふ》めばいい？」

色のついたリップで、最後に唇《くちびる》を仕上げると、麻衣は立ち上がって振《ふ》り向《む》いた。

「お願いします」

「はあ」

本気で呆《あき》れた顔をされてしまった。それでも、麻衣は咲太の目の前まで来ると、頬《ほお》に手を伸ばして摘《つま》んでくる。踏むのはやめたらしい。

「あのさ、麻衣さん」

「刺激が足りない？」

「このちょっとのスキンシップが、僕《ぼく》の導火線に火をつけた感じ」

「つまり？」

「押《お》し倒《たお》したいです」

「それは体が戻《もど》ってもダメ」

「押し倒されたいです」

「ベッドを見ながら言うな」

「床ならいいの？」

「咲太《さくた》の頭の中でなら許してあげるから」

「……」

せっかくなので妄想《もうそう》してみる。衣装はバニーガールにしておこう。それがいい。

「そうだ。はい、これ」

絶賛妄想中の咲太に、麻衣《まい》が何かを握《にぎ》らせてくる。手のひらに収まる大きさ。少しひんやりしていて、とても硬《かた》い。金属だ。

確認すると、それは銀色の光沢を放つ鍵《かぎ》だった。

「これって」

「うちの鍵」

素《そ》っ気《け》なく麻衣が答える。

「合鍵くれるの？」

「違《ちが》うわよ」

「あー、愛の鍵」

冗談《じょうだん》を言うと、強めに足を踏《ふ》まれた。

「痛い、痛い！」

「一時的に預けるだけよ」

「えー」

「勝手にスペアキーとか作ったら許さないから」

「……」

「こら、このタイミングで黙《だま》るな」

「いや、その手があったかと思って」

「はあ……」

露骨《ろこつ》にため息を吐《つ》かれてしまった。足も踏まれたままだ。

「あげてもいいって思えるようになったら、ちゃんとあげるから」

呆《あき》れた様子で麻衣がぽつりともらす。少し恥《は》ずかしそうな雰囲気《ふんいき》を出しながらも、強がって視線は逸《そ》らさない。

「それは来週くらい？」

「五年後くらい」

「えー」

「合鍵《あいかぎ》なんて簡単に渡《わた》せるわけがないでしょ。いやらしい」

麻衣《まい》がそっぽを向く。気の強そうな外見で照れる横顔はかわいらしい。けど、口に出すと「のどかが？」とか言われて、割と面倒《めんどう》くさいことになりそうだったので黙《だま》っておいた。

「うちの合鍵いります？」

「いらない」

きっぱりと断られてしまう。これはこれで悲しいものがある。

「とりあえず、三年後くらいになりませんか？」

「真顔で、なに言ってんのよ」

「僕《ぼく》は一日でも早く麻衣さんから合鍵をもらいたい」

「はいはい。今後の態度次第で考えてあげる」

「よし！」

思わずガッツポーズを決めてしまう。だが、それも大目に見てほしい。彼女から合鍵をもらうなんてイベントは、それだけ特別なことなのだ。

「だから、頼《たの》んだわよ」

『何を』の部分がなくても、その言葉の意味は伝わった。のどかを心配しているからこそ、麻衣は咲太《さくた》に合鍵を預けてきたのだ。つまり、様子を見に行って、必要があれば面倒を見てこいという意味になる。

「気になるなら、自分で行って声かけてあげればいいのに」

「……」

「ま、それができたら、合鍵なんて僕に預けないでしょうけど」

「……なんて言えばいいかわからないのよ」

目尻《めじり》を下げた麻衣は、珍《めずら》しく弱気な表情を見せた。

「私にもわからないことがあるの」

追及した咲太を責めるように、拗《す》ねた顔で睨《にら》んでくる。こんなこと言いたくなかったとでも言いたげな表情だ。

「それも含《ふく》めて話せばいいんじゃないんですか？」

「それは嫌《いや》」

「なんで？」

「……」

麻衣は答えない。でも、おおよその見当はつく。ふたりの立場を考えれば簡単だ。

「そりゃあ、麻衣さんにはお姉ちゃんとしての面目がありますもんね」

「それ以上言ったら怒《おこ》るわよ」

どこからどう見ても、麻衣《まい》はすでに怒《おこ》っている。この台詞を言うときはだいたいそうだ。両手をあげて降参のポーズを取る。

「ほんと、咲太《さくた》は生意気」

おでこを少し強めに小突《こづ》かれた。そこそこ痛かったが、それで麻衣は満足したのか、表情には笑みが浮《う》かんでいた。溜《た》め込《こ》んでいたものを少しは吐《は》き出《だ》せたのかもしれない。

「あ、時間。もう行くわね」

麻衣は鞄《かばん》を持つと、足早に部屋を出て行く。

咲太は玄関まで見送りに行った。

麻衣がローファーを履《は》いたところで、

「そうだ」

と、思い出したように咲太に振《ふ》り向《む》いた。

「なんですか？」

「和室の戸棚《とだな》は、絶対に開けないこと」

この家に和室はないので、麻衣の家のことだろう。

「『絶対に』ですか」

「そう、『絶対に』」

「わかりました」

「んじゃ、いってくんね」

一瞬《いっしゅん》にして、麻衣はのどかモードに戻《もど》った。

「寄り道するなよー」

「するかっつーの！」

本当に素晴らしい演技力だと思う。態度に不自然な様子は一切なくて、少しも演技に見えない。何より恐《おそ》ろしいのは、『豊浜《とよはま》のどか』になりきっている間は、麻衣は『桜島《さくらじま》麻衣』としての素顔を完全に消してしまうところだ。

「あんたも、遅刻《ちこく》すんなよ」

そう言って、麻衣は玄関を飛び出していった。

ドアが閉まる。残された咲太は、

「絶対に、ね」

と、玄関のドアに向かって、独り言を口にしたのだった。

3

麻衣を見送ったあと、十五分ほど遅《おく》れて咲太も学校に向かった。一度、麻衣のマンションに行こうかと思ったのだが、のどかが病院から戻っていないのであれば、家を訪ねても意味はないと判断したのだ。

学校の様子は特に変わったところもなく、普段《ふだん》通りだった。今朝早くにお隣《となり》の駅でＣＭ撮影《さつえい》が行われていたことなど誰《だれ》も知らない。ましてや、それが同じ学校に通う麻衣《まい》の仕事であったことなど、誰の口からも語られてはいなかった。

休み時間になれば、友人同士が他愛のない話をしている。かわいい彼女がほしいだとか、かっこいい彼氏がほしいだとか、腹減っただとか、なんか面白いことないかなあだとか……。昨日と同じようなことを言い合っている。

そんな学校の雰囲気《ふんいき》と気分が合わず、この日はいつにも増して、咲太《さくた》のテンションは低かった。

そうした感情は、咲太が思っている以上に面《おもて》に出ていたようで、昼休みにぼんやり外を見ていると、

「機嫌《きげん》悪そうだな」

と、声をかけられた。

「悪そうじゃなくて、悪いんだよ、たぶん」

正面に向き直る。前の座席に、国見《くにみ》佑真《ゆうま》が座っていた。背もたれの方を前にして、足を大きく開いた格好。

「なんかあったわけ？」

「なあ、国見」

　質問には答えず、咲太は佑真の意識を逸《そ》らした。ひとりの女子生徒が向けてくる、強烈《きょうれつ》な視線が咲太にそうさせたのだ。

「ん？」

「この教室の中で、僕《ぼく》に話しかけるのはやめろ」

「なんで？」

「お前のかわいい彼女が殺意の宿った目で見てくるからだな」

　佑真からは死角になっている教卓《きょうたく》の周りに、華《はな》やかな女子のグループが集まっている。その一部分から刺《さ》すような視線が注がれていた。

　上里沙希《かみさとさき》だ。

　咲太の所属する二年一組のリーダー的な立ち位置にいる女子生徒。佑真の彼女でもある。

「視線ね」

　佑真がそれとなく振《ふ》り返《かえ》る。すると、沙希の表情が一変する。先ほどまでの殺意はどこへやら。佑真と目が合うと、慣れた感じでちっちゃく手を振っていた。

「殺意どこよ？」

　佑真が咲太の方に顔を戻《もど》して聞いてくる。ため息交じりに咲太が教卓へ視線を向けると、沙希は明らかに不機嫌な顔をしていた。

「お前、気づいてるだろ」

「さあ?」

咲太《さくた》の指摘《してき》に佑真《ゆうま》がすっとぼける。いや、絶対に気づいているはずだ。そうでなければ、視線と言っただけで、真っ先に振《ふ》り返《かえ》って沙希《さき》を見たりはしない。

「ああいう、わかりやすいとこもかわいいと俺《おれ》は思っているわけだが」

「僕《ぼく》に対する殺意でのろけるな」

「んで、咲太はなんで機嫌《きげん》悪いわけ?」

「ま、ほんとは別に機嫌が悪いってわけじゃない。ただ、なんとなく、デキのいいお姉ちゃんがいるって、どんな気持ちなのかを考えていただけだ」

「なんだそりゃ」

「姉妹で比べられるとか、僕は経験ないからさ」

「男だもんな、咲太は」

咲太の投げやりな説明では、何のことかわかりようもないだろう。それでも、佑真は何かを考えているようだった。

「俺も一人っ子だから、よくわからんけど」

「知ってる。国見《くにみ》には期待してない」

「ひでえな」

とか言いながら、佑真は大声で笑った。

ちらりと教卓《きょうたく》の方を見ると、佑真の笑い声に反応していた沙希と目が合ってしまった。露骨《ろこつ》に睨《にら》んでくる。「私の佑真と楽しそうにするとかまじ許せない」などと思っているんだろうか。ほんと、面倒《めんどう》くさい。

「んじゃ、デキのいいお姉ちゃんがいるやつに聞いてみるか？」

誰《だれ》のことかを聞く前に、佑真が黒板の方へ振り返る。かと思ったら、こともあろうに、沙希に手招きをした。

一瞬《いっしゅん》、一緒《いっしょ》にいる女子の友達を沙希が気にする。けれど、その友達連中に押《お》し出《だ》される形で、沙希はこっちに歩いてきた。

「お前な」

文句を言ってやろうと思った咲太だったが、

「俺としては、彼女と友人が険悪なのはうれしくないんでね」

と、佑真に先に言われてしまった。

「なに？」

佑真の隣《となり》で沙希が立ち止まる。

「咲太が聞きたいことあんだって」

「……」

じろりと嫌《いや》そうな視線が突《つ》き刺《さ》さる。色々と咲太《さくた》にも言い分はあるのだが、ここは友人の顔を立てることにした。彼女と友人がうんぬんの話に関しては、咲太も頷《うなず》けるものがあったから。

「上里《かみさと》ってお姉さんいるのか？」

「いるけど……ってか、梓川《あずさがわ》、なんで知らないの？」

「逆に、なんで僕《ぼく》がお前の家族構成を知ってなきゃなんないんだ？」

検索《けんさく》すると出てくるんだろうか。

「お姉ちゃん、去年までこの学校にいたし」

「あ、そうなのか」

「生徒会長もやってたから見たことあるでしょ？」

「……記憶《きおく》にない」

少し思い返してみたがまったく覚えていなかった。

「はあ？　本気で言ってんの？」

この言い方からして、結構目立つ生徒だったようだ。佑真《ゆうま》も隣《となり》で、「さすが咲太」とか言って笑っている。とは言え、覚えていないものは覚えていないのだから仕方がない。

「こんな風にからまれてないから、記憶にないんだろうな」

正直、沙希《さき》の方が圧倒的《あっとうてき》にインパクトがある。たぶん、一生忘れないだろう。一生言われないであろう言葉をいくつも沙希からはもらっているのだ。

「もう行っていい？」

心底面倒《めんどう》くさそうに沙希が佑真に確認している。

「もうちょいがんばろうか」

随分《ずいぶん》失礼なやり取りだ。咲太との会話はがんばらないとできないことらしい。心外極まりない。佑真への義理立てにも限度がある。

「生徒会長してたってことは、お姉さん優秀だったんだ？」

「日本一の国立大学に現役で合格してる」

つまらなそうに沙希が言う。その目が再び佑真を捉《とら》えていた。今度こそもういいかと聞いているのだ。それに佑真は「もうちょい」と言っていた。この様子では、質問できるのはたぶん次が最後だ。だから、一番聞きたいことをストレートに口に出した。

「上里は、お姉さんのこと好きか？」

「別に」

そっぽを向いたまま、沙希が即答する。

「んじゃ、嫌《きら》い？」

「別に」

今度もまったく同じ答えが返ってきた。

「なるほど、よくわかった」

「はあ？　何がわかったって言うのよ」

「好きとか、嫌《きら》いとか、そんな単純な話じゃないんだろうなってことだな」

「……」

　好きだからと言って、四六時中一緒《いっしょ》にいたいわけでもないし、嫌いだからと言っても、家に帰ればいたりする。距離《きょり》が近くて、関わり合いが深い分、色々な面を見る機会も多い。いいところも悪いところも、自然と目に入ってくる。そこに生じる感情は、短い言葉で簡潔に表現できるものではないのだと思う。いくつもの要素がぐちゃぐちゃに混ざっているのだ。たとえ、根っこはひとつなのだとしても……。自分でもそのひとつがなんなのかわからないほどに、知らず知らずのうちに、感情がこんがらがってしまうことはある。

「別に、嫌いってわけじゃない」

　誰《だれ》にともなく沙希《さき》が呟《つぶや》く。

「お母さんが『お姉ちゃんを見習って勉強しなさい』とか、『お姉ちゃんに勉強教えてもらったら？』とか言ってくるのがウザいだけ。そういうことだから」

　一方的に言うと、沙希は佑真《ゆうま》にも声をかけずに、友達のもとへと戻《もど》っていった。

「だってさ。わかった？」

「参考にはなった。お礼言っておいてくれ」

「それ、人に頼《たの》むことじゃないだろ」

「正論とか、まじウザいな」

「ま、いいけどさ。それより、溝《みぞ》は埋《う》まった？」

「埋まったように見えたんなら、国見《くにみ》は眼科に行け」

「だよな」

佑真が苦笑いを浮《う》かべる。困っているというよりは、想像した通りの展開になったのを笑っている感じだ。

「仮に埋まったとしても、仲良くすんのはたぶん無理だな」

視線を逸《そ》らして、咲太《さくた》はそう告げた。どうも理央《りお》の顔がちらつくのだ。きっと本人に聞けば、「そんなの気にしない」と言うだろう。だが、やっぱり、心のどこかにほんの少しは引っかかるものがあるはずなのだ。

「ま、咲太《さくた》ってそういうやつだよな」

そこで、昼休みの終わりを告げるチャイムが鳴った。

「んじゃ、またな」

「ああ」

適当に挨拶《あいさつ》をして、クラスの違《ちが》う佑真が立ち上がる。一言だけ沙希に声をかけて、佑真は教室を出て行った。

残ったのは、今まで以上に険悪な空気を放つ沙希の眼差しだった。

「これ、どの道、仲良くすんの無理だろ」

4

午後の授業は寝《ね》ているうちに終わっていた。さすがに五時起きの影響《えいきょう》は大きい。

学校を出ると、咲太《さくた》は寄り道をせずに真っ直ぐ家に帰った。正直、撮影《さつえい》現場で倒《たお》れたあと、のどかがどうなったのかは気になっていた。

マンションの前まで来ると、見覚えのあるマイクロバスを発見した。今朝、撮影現場で見た白いマイクロバスだ。

麻衣《まい》が住んでいるマンションの前に止まっている。運転席と助手席には人の姿があって、スマホでどこかへ連絡《れんらく》を入れている様子だった。

それをなんとなく見ていると、オートロックのガラスドアが開き、二十代半ばくらいのスーツ姿の女性が出てきた。運転席にいた男性に何か言っている。かと思ったら、乗車口のドアが開き、マイクロバスに乗り込んでいく。そのまま、バスは大通りの方へと走り出した。

彼らが引き上げていったということは、のどかはもう大丈夫《だいじょうぶ》なのだろうか。

「ま、行けばわかるか」

預かった合鍵《あいかぎ》をポケットから取り出す。

「……さすがに黙《だま》って入るのはまずいよな」

オートロックのドアの前で、咲太は出したばかりの合鍵をポケットにしまった。

呼び出し口の前に立ち、部屋番号を打ち込む。迷わず『コール』のボタンを押《お》した。

「……はい」

出ないかもしれないと思ったが、あっさり応答はあった。中身はのどかだが、声は麻衣《まい》のもので間違《まちが》いない。

「梓川《あずさがわ》ですが」

「なに？」

「あがっていいか？　ダメでも、麻衣さんから預かった合鍵で入るけど」

「……」

無言のままぶつっと音が途切《とぎ》れる。続けて、ドアのロックが解除《かいじょ》された。自動ドアがゆっくりと開く。

とりあえずは第一関門突破《かんもんとっぱ》。

エレベーターで九階までノンストップで上がった。このフロアの一番奥《おく》……角部屋が麻衣の住まいだ。

ドアの前に立って、インターフォンを押した。

少し待つと、直接ドアが開いた。頭ひとつ分の隙間《すきま》からのどかが顔を出す。その目はまず咲太を捉《とら》え、すぐに誰《だれ》かを探すように後方へと流れた。

「ひとり？」

「見ての通り」

「……」

少しほっとしたようにのどかが小さく息を吐《つ》く。今度は大きくドアを開けて、咲太《さくた》を招き入れてくれた。

玄関で靴《くつ》を脱《ぬ》いでのどかの後ろについていく。

「麻衣《まい》さんなら朝から学校。今頃《いまごろ》、日曜日に名古屋のショッピングモールでやるっていうミニライブのリハーサルじゃないか？」

「別に聞いてない」

「怒《おこ》ってはいなかったよ」

「だから、聞いてないって」

「僕《ぼく》は独り言を言う癖《くせ》があるんだ」

「ウザ」

ぼそっと口にして、のどかはリビングで立ち止まる。どこか所在なげな様子。家の中で自分の居場所が定まっていない感じだ。

そのリビングの様子を一通り見回した咲太は、

「……ひでえな」

と、率直な感想を口にした。

前に来たときは綺麗《きれい》に片付いていたのに、今はなかなかの荒《あ》れ模様《もよう》だ。脱《ぬ》ぎっ放《ぱな》しの制服のブラウスやキャミソールがソファの上に積まれて山脈を作り、床には丸まった黒タイツが岩《がん》礁《しょう》のように転がっていた。行く手を阻《はば》まれたお掃除《そうじ》ロボットが引き返していく。その後ろ姿は悲しげだ。ぱっと見では、どっちが前で、どっちが後ろかはわからないが……。

おしゃれなアイランドキッチンは、無数のコンビニ袋に占拠《せんきょ》されていた。ビニール袋で白い森ができあがっている。ここ数日、調理に利用された形跡《けいせき》は見られない。

コンビニ弁当のケースでいっぱいになったゴミ箱の様子が、麻衣とケンカして以降ののどかの食生活を物語っていた。

「これを見越しての合鍵《あいかぎ》じゃないよな……」

そう思いたいが、完全に否定するのは正直ちょっと難しい。

「まずは洗濯《せんたく》だな」

ソファの上にまとまっていた制服のブラウスを抱《かか》え上《あ》げ、床に転がっていた黒タイツをひとつずつ集めていく。

「ちょ、ちょっと、なに!?」

のどかが戸惑《とまど》った声を上げたが無視。咲太は集めた洗濯物を抱えて、さっさと洗面所に向かった。

蓋《ふた》を開けた洗濯機《せんたくき》に、まずはブラウスだけを放り込む。問答無用で注水をはじめた。キャミソールも生地のしっかりしたものは一緒《いっしょ》に入れてしまう。

問題はタイツの方だ。こんなもの咲太《さくた》は洗ったことがない。色は全部黒なので、とりあえず、もう一度洗濯機を回すしかないのはいいとしても、洗濯ネットに入れないと絶対に絡《から》まって大《だい》惨事《さんじ》を引き起こす。

洗面所を見回すと、隅《すみ》っこに白いカゴが置かれているのが目についた。中は宝の山……もとい下着の山だ。白、ピンク、水色に黒……色とりどりのパンツとブラ。

捜《さが》し物《もの》の洗濯ネットはカゴの縁《ふち》にかけられていた。その中に、色の薄《うす》いパンツだけ入れて、回り出していた洗濯機に追加投入した。

残りは、他の洗濯ネットに数枚ずつ入れてスタンバイしておく。

「あとは手洗いだな」

肩《かた》ひもを摘《つま》んで持ち上げたのは黒のブラジャー。

「あ、あんた、それ！」

洗面所にやってきたのどかが、下着を取り返そうと手を伸ばしてくる。だが、咲太はとっさにそれを避《よ》けた。のどかの手が宙を切る。

「避けんな！」

「洗濯の邪魔《じゃま》すんな」

「エロい手で、お姉ちゃんの下着に触《さわ》んな！」

「誰《だれ》かさんが洗濯をサボってるから悪いんだろ」

「わ、わかった。あたしがやる！　やるから！」

落ち込んでいるのも忘れて、のどかが必死に飛《と》び掛《か》かってくる。今度こそ、ブラはのどかに奪《うば》われてしまった。

「……」

咲太を睨《にら》む顔は羞恥《しゅうち》で真っ赤だ。それでも、宣言通り洗濯はする気になったようで、洗面台にぬるま湯を張っていた。

「枚数あるし、風呂場《ふろば》の方がいいんじゃね？」

「う、うるさい！　もうこっち見んな！　出てけ！」

文句を言いながらも、咲太の助言は素直に聞き入れて、のどかは背後にある風呂場のドアを開けた。

ひとまず、ここは任せても大丈夫《だいじょうぶ》そうだ。

「終わったら、洗濯機もう一度回すからな」

そう声をかけてから咲太はリビングに戻った。その目がキッチンを埋《う》め尽《つ》くすコンビニ袋を捉《とら》える。

「お前、飯は？」

風呂場《ふろば》に向けて声をかけた。

「朝から食べてない」

すぐに返事が来た。

「んじゃ、なんか作るから食え」

向き直った咲太《さくた》は、まずは生《お》い茂《しげ》っていた無数のコンビニ袋を片付けて、炊飯器《すいはんき》の準備をするのだった。


一時間ほどかけて洗濯はようやく終わった。窓辺には天日干しされる昆布《こんぶ》のように、黒タイツがずらりと吊《つ》るされている。下着の類は、のどかが寝室《しんしつ》の方へと持っていっていた。

「入ったら殺すから」

そんな物騒《ぶっそう》なことを数分前に言われたばかりだったりする。

ついでに、掃除《そうじ》とゴミ捨ても済ませて、今はダイニングテーブルを挟《はさ》んで座っていた。広い部屋には似つかわしくない小さなテーブルだ。麻衣《まい》がひとりで食事を取るために買ったのだろう。ふたりで使うと若干窮屈《きゅうくつ》に感じる。

その上に並んでいるのは、ご飯、味噌汁《みそしる》、焼《や》き鮭《ざけ》と野沢菜《のざわな》の漬物《つけもの》だ。とりあえず、冷蔵庫の中にあったものでなんとかした。のどかが自炊《じすい》をした気配は一切ないので、麻衣が買ったものの残りなのだと思う。

「なにこの朝飯」

「いただきます」

文句は却下《きやつか》して先にひとりで食べはじめる。

「……いただきます」

のどかの手は、まずは味噌汁に伸びた。お椀《わん》を持って、ずずっと一口すする。

「あ、おいしい」

「いい出汁《だし》が取れたからな」

アイランドキッチンの上には、一瞬《いつしゆん》、枯れ木のようにも見える枕崎産《まくらざきさん》の立派な鰹節《かつおぶし》が置いてある。以前、撮影《さつえい》で鹿児島に行った麻衣がお土産にくれたのと同じものだ。きちんと自分の分も調達していたらしい。

「そういやさ」

焼き鮭の骨を器用に箸《はし》で避《よ》けながら、のどかが視線で「なに？」と聞いてくる。

「お前、大丈夫《だいじょうぶ》なのか？」

「はあ？」

「体だよ。過呼吸的なやつだったんだろ？」

「……」

なぜか、のどかは絶句している。

「あれ？　違《ちが》ったのか？」

「あってるけど、それ言うの今⁉」

「すまん。まだ早かったか」

「遅《おそ》いっつーの」

のどかは言いながら、箸《はし》を咲太《さくた》の方へ向けてきた。

「行儀《ぎょうぎ》悪いぞ」

「誰《だれ》のせいだよ」

ぶすっとした顔で、のどかが渋々《しぶしぶ》箸を引っ込める。

「で、大丈夫《だいじょうぶ》なのか？」

「……病院で検査はしてもらって、問題ないって」

「そりゃよかった」

「ちっともよくない……」

ご飯に伸びかけていたのどかの箸がぴたりと止まる。下を向いて、テーブルの一点を見つめていた。

「あたし……とんでもない失敗をしたんだ……」

箸を握《にぎ》った手が震《ふる》えている。唇《くちびる》が震えている。のどかは全身を震わせていた。まるで何かに怯《おび》えるように……。

「あんなの違う……違うんだよ。あんな失敗、お姉ちゃんじゃない。あんなのは『桜島麻衣《さくらじままい》』じゃない……」

「麻衣さんだって、体調悪い日くらいはあんだろ」

人間なのだ。常に万全で完璧《かんぺき》とはいかないはず。

「あんた、なんにもわかってない！　お姉ちゃんだけは違う。そんな日はないんだよ……」

「……」

「意識が朦朧《もうろう》とするような高熱があっても、役に入ったら平気な顔して真冬の海にだって入るのが『桜島麻衣』なの……お姉ちゃんは、そういう人……なのに、あたしは撮影《さつえい》中止なんてして、周りのスタッフに迷惑《めいわく》かけて……もう、やだ」

のどかは震えを抑《おさ》えようと、自らの体を抱《だ》き締《し》めていた。けれど、心の凍《こご》えはそんなことでは消えてくれない。

「こんなのもうやだ……無理、もうやめたい……あんなプレッシャー、あたしには耐《た》えられっこない……」

「……」

「あたし、全然わかってなかった。『桜島麻衣』のようになるって意味……全然、理解してなかったんだ……」

「……」

「お姉ちゃんのこと、全然わかってなかった……」

のどかの声は泣いていた。心も泣いていたのだと思う。けれど、涙《なみだ》は出ていない。体が泣くことを拒《こば》んでいるかのように、瞳《ひとみ》は乾《かわ》いたままだった。

「そう簡単にわかってたまるかよ。人のことなんてさ」

独り言のように咲太《さくた》はそうもらした。実際、独り言だったのだ。気持ちを吐露《とろ》するのに夢中になっているのどかには、今、何を言ってもどうせ届かない。

「あたしは、最初から憧《あこが》れるだけで……ほしがるだけで……でもだったら、お姉ちゃんなんてほしがらなければよかった……」

少しずつ、のどかの話はずれていっている気がした。なにからスタートして、どこへ向かおうとしているのか、わからなくなってきている。

だが、今はそれでいいのだと咲太は思った。

のどかとしては筋が通っている話なのかもしれないし、そうでなかったとしても、口に出すことでわかってくることもある。気分が落ち着くこともある。だったら、全部吐《は》き出《だ》すまで吐き出させてあげればいい。少しの時間、黙《だま》って座っているくらいの我慢《がまん》強《づよ》さは咲太にだってある。

「幼稚園のときにさ、いたんだよ……」

「ん？」

消えそうだったのどかの声を、咲太は味噌汁《みそしる》を飲みながら拾った。

「すごく仲良くなった子に、お姉ちゃんがいて……」

「ああ」

「いつもおやつを分けてくれるやさしいお姉ちゃん……あたしはその子が羨《うらや》ましくて、家に帰るといつも『お姉ちゃんがほしい』って言ってた。今でもよく覚えてる……」

言われた両親の方は複雑な気分になったことだろう。普通《ふつう》なら、「のどかがお姉ちゃんになれるかもしれないなあ、なあ、母さん」とか、そんな話で済むはずなのだが、のどかの場合は事情が違《ちが》っていた。求めているお姉ちゃんとは少し違うが、お姉ちゃんと呼べるような相手が存在していたのだ。

「あたしがしつこく言ったから、お父さんは教えてくれたんだと思う」

「麻衣《まい》さんのことか」

「うん。朝の連ドラにもう出演してたから……『あの子がお姉ちゃんだよ』って」

「そりゃ、びっくりだな」

「ほんとそう。でも、うれしかった。TVに出てる人がお姉ちゃんだなんて、すごいって思った。会いたくなった」

さぞ、父親も悩《なや》んだことだろう。ふたりを会わせるとなれば、麻衣の母親の許可もいる。今の立場もある。普通《ふつう》に日取りを決めて会いましょうとはならないはずだ。となれば、普通じゃない方法を取るしかない。

「……もしかして、お前が劇団に入ったのってそれが切《き》っ掛《か》けなのか？」

「あんた、顔の割に頭は回るよね」

「意外性があっていいだろ」

「でも、そう……お父さんからは『のどかが劇団でがんばれば、いつか会えるかもしれない』って言われた」

「実際に会ったのはオーディション会場だったわけか」

「お父さんはあたしがそういう場に呼ばれるようになるなんて、考えてもいなかったんだろうけどさ。お芝居《しばい》の勉強をするのは楽しかったんだよ。お姉ちゃんと一緒《いっしょ》のことをしてるんだと思ったら、ほんと楽しくて……」

それが大人の目に留まったというわけだ。役を取ってデビューするにはいたらなかったが、光るものは持っていた。

「念願のお姉ちゃんはどうだった？」

「めちゃくちゃかっこよかった……」

「それ、男に言う台詞だろ」

「ほんとかっこよかった……」

「ま、今も麻衣《まい》さんはかっこいいけどな」

普通、頭でわかっていてもできないことなのだ。心配事がある中で、本来やるべきことに集中するなんて真似は……普通できない。

本当は麻衣だってのどかのことを気にしている。だから、咲太《さくた》に合鍵《あいかぎ》を預けた。様子を見に行きたい気持ちだってあったはずなのだ。

それでも、今は『豊浜《とよはま》のどか』として、『豊浜のどか』が当たり前にやらなければいけないことを優先している。学校に行き、アイドルとしての活動をがんばっている。長い目で見れば、のどかとしての生活をきちんとしておくことが、のどかのためになると麻衣はわかっているのだ。いつ体がもとに戻《もど》るかもわからないのだし……。

目先のことに捉《とら》われないその姿勢はちょっとかっこよすぎる。

「でも、今思えば、お姉ちゃん、あたしに戸惑《とまど》ってたんだと思う……」

「普通、妹はいきなりできないからな」

しかも、母親違《ちが》いの妹だ。自分を置いて出て行った父親が他で作った家族。自分は混乱しているのに、のどかはのどかで待望のお姉ちゃんを前に舞い上がっていたのだろうから、なおさらだったと思う。

「戸惑っていたはずなのにさ、お姉ちゃんはお姉ちゃんだった……」

「……」

「あたしの頭を撫《な》でて、『私も妹がほしいと思ってたの』って言ってくれた」

「嫌《いや》な、子供だな」

できすぎだ。

「今の、お姉ちゃんに言い付けてやる」

「そういうことは、仲直りしてから言え」

「……もうあわせる顔ない」

「仕事で失敗したからか？」

「それが半分。もう半分は……」

続きを口にするのをのどかは躊躇《ためら》っている。

「『大嫌《だいきら》い』って言ったことならお互《たが》い様《さま》だろ」

「お姉ちゃんは『嫌い』しか言ってない。『大』は付いてなかった」

「お前、本来の見た目は派手な金髪《きんぱつ》女子のくせに小さいこと気にすんのな」

「大きいっつーの」

「『大嫌い』だけにな」

上手いことを言って席を立つ。残っている味噌汁《みそしる》をお椀《わん》に注いだ。

「あ、それ、あたしも」

のどかが手を出してくる。受け取ってお玉で味噌汁を入れてあげた。

お椀を返すと、のどかはじっと中身を見据《みす》えていた。味噌が入道雲のように動いている。

「あのさ……」

のどかの小さな呟《つぶや》き。

「ん？」

咲太《さくた》はずずっと味噌汁をすすった。やはり、出汁《だし》がいいと美味い。

「お姉ちゃん」

「が？」

「なんか言ってた？」

消えそうな声。それでも、騒音《そうおん》のないこの部屋にはよく響《ひび》いた。

「別に、なんの心配もしてなかったな」

「……そっか」

下を向いたのどかからは悲壮感《ひそうかん》が漂《ただよ》っている。咲太の言葉にショックを受けたのかもしれない。麻衣《まい》に相手にされていないと思い、落ち込んでいるのだ。

「お前さ。麻衣さんの姿で辛気臭《しんきくさ》い顔するの、まじやめてくれ。抱き締《だし》めるぞ」

「なっ！　なんなの、あんた！　人が真面目に！」

顔を真っ赤にしてのどかが立ち上がる。

「食事中に立つなって。あとな、さっきの違《ちが》うから」

「は？」

のどかはまだ立ったままだ。訝《いぶか》しげな視線で咲太《さくた》を見下ろしている。構わずに、咲太は残りのご飯を口に放り込む。

「『なんの心配もしてなかった』っていうのは、ＣＭ撮影《さつえい》のこと」

「……え？」

のどかの反応は少し遅《おそ》かった。まだ咲太の言葉の意味がよく理解できないらしい。いや、信じることができないだけかもしれない。ぽかんとした表情を浮《う》かべている。麻衣《まい》だったらまず見せない無防備で隙《すき》だらけの顔。

「なにそれ、意味わかんない」

「わかるだろ。そのままの意味だよ」

「……」

「何度かＮＧは出すと思ってたみたいだけど、それでも、お前なら監督《かんとく》からオッケーもらえるって疑ってなかった」

「……ほんとに？」

「信じられなきゃ、麻衣さんに直接聞け」

「それは無理……」

「なら、信じろ」

「それも無理」

「わがままな女だな」

「う、うるさい！　だって、でも……そんなこと……」

否定的なことを言いながらも、のどかの表情は明らかにとろけていった。

「なにこれ、やばい」

緩《ゆる》んだ頬《ほお》を両手で持ち上げる。でも、手を離《はな》すとすぐに戻《もど》ってしまう。込み上げてくるうれしさに表情は緩みっぱなしだ。

「お前さ、そういう風に笑えばいいんじゃないの？」

「は？」

「CMの撮影。練習じゃ、無理やり麻衣さんっぽく笑おうとしてたけど、はっきり言って嘘《うそ》くさかったぞ」

今の方がよっぽど自然だ。それがのどかの笑顔なのだから、当然と言えば当然だが。

ふと、CM撮影の前日に麻衣がファミレスで言っていた言葉を思い出した。

——劇団で教えられたことを思い出せば、問題なくできる
麻衣が「できる」と言い切ったのは、今みたいな表情のことを言っていたからではないだろうか。なんとなくそんな気がした。

「あ、あんたに言われなくても、そんなの余裕《よゆう》でわかってたし」

「お前、それ絶対に嘘《うそ》だろ」

「う、うるさい。うるさいうるさい！」

子供のように両手で耳を塞《ふさ》いで、聞こえていないふりをしている。なんだか妙《みょう》に明るい。表情も、声も、数分前とはまるで別人だ。

もしかしたら、これがのどかの素《す》の部分なのかもしれない。

そんなことを思っていると、テーブルの上に置かれていたスマホが鳴った。本来は『麻衣《まい》』の持ち物であるスマホ。そのディスプレイには、『涼子《りょうこ》さん』と表示されている。確か、麻衣のマネージャーさんの名前だ。

のどかはスマホを摑《つか》むと、

「はい」

と、少し緊張《きんちょう》した声で電話に出た。

「スケジュール、出たんですか？」

しゃべり方は麻衣のそれになっている。

「来週？　はい、金曜日……今日と同じ時間で……はい、大丈夫《だいじょうぶ》です。今日はほんとにご迷惑《めいわく》をおかけしました。はい、よろしくお願いします」

のどかがスマホをゆっくりと耳から離《はな》した。画面に触《ふ》れて通話を終える。すると、先ほどまでの毅然《きぜん》とした態度とは打って変わって、

「どーしよ！」

と、困惑《こんわく》を口にしながら頭を抱《かか》えてしゃがみ込んだ。

「大丈夫なんじゃないのかよ」

マネージャーさんには平気な顔でそう返していた。

「ああ言うしかないじゃん。ばっかじゃない」

完全なる八つ当たりが飛んでくる。

「ま、そうだな」

「まじで、どーしよ」

焦《あせ》る気持ちに翻弄《ほんろう》されながらも、のどかの目はTVの脇《わき》に置かれた卓上《たくじょう》カレンダーを見ていた。十二日の今日から数えて七日。来週の金曜日までの期間を、視線が何度も往復している。

その一週間で何ができるかを考えているのだ。先ほどは、「こんなのもうやめたい」と言っていたくせに、のどかはきちんと来週に決まった撮影《さつえい》と向き合おうとしている。

だから、咲太《さくた》はなんとかなるような気がした。はっきりした根拠《こんきょ》があるわけではない。世の中のすべてが、自信と明確な根拠のもとに成り立っているわけでもないだろう。あまり気持ちのいい話ではないが、だいたいが宙ぶらりんのまま、なんとなくとか、仕方なくとか、時間がなくてとか……確証など得られない状態で前へと進んでいってしまうのだ。その宙ぶらりんの中で、のどかはやれる範囲《はんい》のことをやろうとしている。だったら、それでいいのではないだろうか。それ以上のことはどうせできないのだから。

「んじゃ、僕《ぼく》は帰るな」

「は？」

「帰るって言ったんだよ」

「あんた色々タイミングひどすぎ。絶対頭おかしい」

「は？　どこが？」

「この状況《じょうきょう》で、なんであたしを置いて帰ろうって思えるわけ？」

「僕からアドバイスできることなんてないしな」

事実をありのままに伝える。

「そうだけど！」

「ま、一週間、やれるだけがんばれよ」

「言われなくてもがんばるっつーの！」

「じゃあ、なんだよ。落ち込んでしょんぼりしているから、もう少し一緒《いっしょ》にいてほしいのか？」

「っ⁉」

ストレートに指摘《してき》すると、のどかは一瞬《いっしゅん》で顔を真っ赤にした。怒《いか》りと羞恥《しゅうち》が半分ずつといったところだろうか。

「か、帰れ！　さっさと帰れ！」

びしっと玄関の方をのどかが指差す。

「だから、帰る……って、押《お》すな！」

背中にばんばんとのどかの張り手が打ち込まれる。咲太《さくた》は廊下《ろうか》の方へと押し出されて玄関にたどり着いた。

靴《くつ》を履《は》いてドアノブに手を伸ばす。ドアを開きかけたところで、

「あ、待って」

と呼び止められた。

「ん？」

ドアノブを摑《つか》んだまま振《ふ》り返《かえ》る。

「頼《たの》み、あるんだけど……」

躊躇《ためら》いがちにのどかが言ってきた。

「やだよ」

「……」

咲太があっさり拒否《きょひ》すると、のどかは露骨《ろこつ》に悲しそうな顔をする。麻衣《まい》の姿でしょんぼりするのは、本当にやめてもらいたい。

「どうせなら、『お願いがあるんだけど』って上目《うわめ》遣《づか》いでかわいく言ってくれ」

「そしたら、聞いてくれんの？」

「麻衣《まい》さんのお願いならな」

「あたしの場合は？」

「見た目は麻衣さんだから、検討《けんとう》はする」

「偉《えら》そう」

「で、なんだよ」

「ご飯作ってくんない」

上目遣《うわめづか》いになったのどかが少し恥《は》ずかしそうに咲太《さくた》を見ていた。麻衣とはだいぶ雰囲気《ふんいき》が違《ちが》う。幼さが残っている表情。

「お前、まだ食うの？」

「そうじゃなくて、これから毎日」

「悪い。僕《ぼく》には麻衣さんっていう心に決めた人がいるんだ」

「は？」

「いや、お前がいきなりプロポーズしてくるからさ。断ったんだよ」

「ち、違《ちが》うし、断んな！　じゃなくて！　あんた超めんどい！　ちゃんと体調管理をしたいって意味！」

どう考えても、先ほどの一言では説明不足だ。とは言え、確かに、毎日コンビニ弁当では偏《かたよ》りが出るだろう。

「体重増えたらやばいし……ちゃんとした食事しないと、肌《はだ》のハリとかツヤに出るからさ」

「多少ふっくらするくらい僕はウエルカムだぞ」

「エロい目で、お姉ちゃんを見んな、バカ。とにかく、お願い」

取ってつけたように『お願い』が飛んできた。表情はふてくされているし、口調はやけになっている。甘さも悪戯《いたずら》っぽさも余裕《よゆう》も全然足りないが、のどかにそこまでを求めるのも酷《こく》だろう。彼女は麻衣ではないのだ。

「ま、飯くらいは作ってやる。ついでに、洗濯《せんたく》もしてやろうか？」

「それは自分でする」

「遠慮《えんりよ》すんな。忙《いそが》しそうだし」

「次、お姉ちゃんの下着に触《さわ》ったら殺すから」

「タイツは下着に入るんですか？」

「はあ？　決まってんじゃん」

「なるほど、入らないんだな」

「入るって意味！」

「あんま興奮するなよ。今日、病院に運ばれたんだろ、お前」

「あんたのせいじゃん！　なんなのほんと！　……はあ、もういい、帰れ」

しっしとのどかが咲太を追《お》い払《はら》う。

呼び止めたのは誰《だれ》だっただろうか。咲太《さくた》の記憶《きおく》が正しければのどかだ。言われるまでもなく咲太は帰る気満々だった。それを言うと、もう一悶着《ひともんちやく》起こりそうだったので、咲太は黙《だま》って帰ることにした。

「んじゃ、明日な」

「うん」

玄関を出た咲太に、のどかが自然な感じで手を振《ふ》ってくる。けれど、何かを間違《まちが》えたと思ったのか、のどかは手を下ろすと、「ふんっ」とわざとらしく鼻を鳴らしてドアを勢いよく閉じた。

「変なやつだな」

独り言を口にしながらドアの前を離《はな》れた咲太は、やってきたエレベーターにひとりで乗り込んだ。そして、ふとあることを思い出す。

——和室の戸棚《とだな》は、絶対に開けないこと

合鍵《あいかぎ》をくれたときの麻衣《まい》の言葉。

掃除《そうじ》やら、食事を作るのに夢中になって、そのことをすっかり忘れていた。

「ま、別に明日でいいか」

明日でもいいことを今日やる必要はない。今日は、今日やらないといけないことだけやっていればいいのだ。

第三章
シスコンではありません

1

毎週月曜日の朝には永遠にも思える一週間が、今週に限って言えば、毎日の献立《こんだて》を考えているうちに、あれよあれよと過ぎ去っていった。

豆腐《とうふ》ハンバーグを作り、トマトをトッピングした鯛《たい》のカルパッチョを作り、ふろふき大根を作り、肉じゃがを作り、バジルのパスタを作っているうちに、気が付けばもう木曜日。

この日も、学校帰りにスーパーで買い物をした咲太《さくた》は、のどかの夕食を作るために、麻衣《まい》の家を訪れていた。

高カロリーを避《さ》けた野菜中心のレシピ。今日のメインは、ナスのグラタンだ。

先日の日曜日、翔子《しょうこ》がはやてを連れて遊びに来た際に作ってみたのだが、これが翔子にもかえでにも高評価だった。

「……」

のどかも文句を言わずに食べているので、本当に美味しいようだ。

「グラタン作れる男子ってどうなの？」

完食したところで、そんなことを言ってくる。

「作れない女子よりいいんじゃないの」

空いた皿はさっさと下げて、咲太は洗い物を済ませた。

それが終わると、リビングのソファでDVDの観賞をはじめたのどかの隣《となり》に座った。咲太の体重の分だけソファが沈み、のどかの体がわずかに傾《かたむ》く。

「……」

無言のまま座り直したのどかは、ソファの端《はし》っこにぴったりと寄《よ》り添《そ》い、最大限咲太から距《きょ》離《り》を置いていた。

「別に、襲《おそ》わないぞ」

「信用できない」

「ま、男としては、警戒《けいかい》されてる方がうれしいけどね」

無害だと思われる方が悲しい。

「そういう意味じゃない。死ね」

淡々《たんたん》とのどかは言ってきた。顔も、視線も、ずっと前に向けられたままだ。見ているのはTV画面。流れているのは、麻衣の主演映画だ。芸能活動を一時休止する前……まだ麻衣が中学生だった頃《ころ》の作品。

映像の中で動く麻衣の姿に、のどかは集中している。瞬《まばた》きの仕方や、そのタイミング、細かい目線の使い方のひとつひとつを見逃《みのが》さないようにしている。

こうして、麻衣の出演作品を確認するのが食後のパターンになっていた。映画のときもあれば、TVドラマのときもあった。

ちなみに今日の作品は、大ヒットしたホラー映画だ。とあるSNSに名前を書き込まれた人間が次々と謎《なぞ》の死を遂《と》げていくという内容。

麻衣《まい》が演じているのは、死体の発見現場に必ず現れる不気味な少女だ。その存在感は圧巻《あっかん》で、立っているだけなのに、画面に映ると目が離《はな》せなくなる。口元がわずかに動いただけでも、背筋がぞっとした。

特に、三番目の被害者《ひがいしゃ》が風呂《ふろ》に入っているシーンがこわい。二十代半ばの女性がシャワーを使っていると、正面の鏡に突如《とつじょ》麻衣の姿が映るのだ。

「っ⁉」

声にならない悲鳴をのどかは上げていた。咲太《さくた》も心臓が飛び出るかと思った。

のどかはホラー映画が苦手なようで、はじまって五分後には身を守るようにクッションを胸に抱《だ》いていた。最初の犠牲者《ぎせいしゃ》が出て以降は、そのクッションに顔の半分を隠《かく》して、覗《のぞ》き見《み》るようにしている。

それでも、目を逸《そ》らさずに最後まで見続けたのは、何か演技のヒントを掴《つか》めるかもしれないという希望を抱《いだ》いていたからだ。

エンディングロールが流れはじめると、出演者の一番上に『桜島麻衣《さくらじま》』の名前が出てきた。

それが消えてしばらくすると、

「あ〜、も〜、どうしよっ」

と、のどかが頭を抱《かか》えた。

「なにが？」

「もう明日じゃん。ＣＭの撮《と》り直《なお》し」

「知ってるけど」

「結局、なんにも摑めてない」

「はあ」

咲太は気の抜《ぬ》けた声を出した。

「なにそれ、こっちが、『はあ』なんだけど」

「お前、まじか」

「まじって、なにが？」

「結論なんて、もう出たろ。悩《なや》んでどうすんだよ」

先ほどのどかが言った通りだ。それがすべてを物語っている。何の手応えも摑めず、何の自信も持てないまま、こうして撮影《さつえい》の前日を迎《むか》えている……それが結論だ。

「一週間の猶予《ゆうよ》を与えられたくらいで、『桜島麻衣』にはなれないってことだな」

「それは……」

当事者であるのどかの方が、その実感を強く持っているはずだ。十年を超える芸歴の差を簡単に埋《う》められるわけがない。映像を熱心に研究したところで、見えてくるのは『桜島麻衣《さくらじままい》』のすごさだけだ。

だいたい、見て盗《ぬす》めるものなら、役者を志す人間はみんな麻衣のようになっている。この世は『桜島麻衣』だらけだ。

「どうせ、明日になっても変わんないよ。そのまんま明日になるって」

「そ、そんなことはっきり言うな！」

「本番の瞬間《しゅんかん》を迎《むか》えても、お前はお前のままなんだよ」

「だから、言うなって……どういう神経してんだよ」

「知るか。神経なんて見たことないし」

「物理的な話じゃないっつーの！」

立ち上がったのどかが鼻息を荒《あら》くしている。体が元に戻《もど》ったら、二度と見ることはないであろう表情だ。

「ま、だから、できないことまでやろうとしなくていいんじゃないの」

完璧《かんぺき》に『桜島麻衣』を演じようとすれば、また前回のようにのどかは自分を追《お》い詰《つ》めることになる。その末路が一週間前……過呼吸を起こしての撮影《さつえい》延期だ。

「まあまあでいいんだよ。お前、欲張りすぎ」

「……」

真意を探るように、のどかがじっと咲太《さくた》を見ていた。

「なんだよ、急に黙《だま》って」

「なんかわかってきた」

「は？」

「あんたのこと」

「僕《ぼく》のこと考えてる場合かよ」

「無茶苦茶言ってるけど、あたしのこと励《はげ》ましてんだ」

勝《か》ち誇《ほこ》ったのどかの笑み。

「そりゃ、麻衣さんの仕事だし、上手くいってほしいからな」

「ふーん、そういうことにしておいてあげる」

「いや、まじなんだけど」

「だったら、むかつく」

「じゃあ、せいぜいむかついててくれ」

言って、咲太はソファから立ち上がった。

「なに？　帰るの？」

「そうだよ。帰りが遅《おそ》いと麻衣さんの機《き》嫌《げん》悪くなるし」

自分で合鍵《あいかぎ》を預けた手前、咲太がのどかの面倒《めんどう》を見ること自体は容認してくれているのだが、帰宅時刻が遅《おそ》くなると「遅かったわね」と、ちくりと言葉の針で突《つ》き刺《さ》してくるのだ。昨日など、「夜の八時を回ったら帰ってきなさい」と、昭和の門限のようなことまで言われた。

「麻衣《まい》さんの映画とかドラマを見るのに、付き合ってるだけですって」

一応、そのように理由を伝えたところ、

「別に、咲太《さくた》のことを信用してないわけじゃないわよ」

と、麻衣にはそっぽを向かれた。

「ならなんで？」

「のどかが咲太をほしがったら、色々と困るでしょ」

口を尖《とが》らせて意外なことを言ってきた。

「ほしがるって性的な意味で？」

「……」

「ごめんなさい。冗談《じょうだん》です」

凍《こご》えるような眼差しに晒《さら》されて、咲太は早々に謝っておいた。

「あげてもいいものはあげるけど、今のところ咲太をあげる気はないの」

恥《は》ずかしさを押《お》し殺《ころ》した麻衣の目は、「冗談じゃないのよ」と怒《おこ》っていた。たぶん、咲太がにやにやしていたせいだ。だが、それも許してほしい。麻衣がものすごくかわいいことを言ってくれたのだ。録音して毎日聞き返したいくらい。

「今のところ、概《おおむ》ね嫌《きら》われてますけどね」

食事の世話をしてあげている恩《おん》も忘れ、のどかからは毎日のように、「お姉ちゃんの体をエロい目で見んな」とか、「あんまこっちくんな」とか言われている。

「仮に、そんなような感情が芽生《めば》えたとしても、どうせ、お姉ちゃんの持っているものが羨《うらや》ましくなったとか、そんな感じでしょ」

「だといいけど」

それ以上は何も言ってこなかったが、麻衣は少しも納得していない様子だった。

それが昨日の出来事なので、今日は早めに帰っておいた方がいい。うっかり遅くなったら、今度は何を言われるかわかったものではない。相応の裁《さば》きが下されそうだ。

「ま、ゆっくり風呂《ふろ》でも入って、今日は早く寝《ね》るんだぞ」

咲太は玄関に足を向けながら、のどかにそう言った。

明日の撮影《さつえい》も早朝だ。マネージャーが迎《むか》えに来るのは、午前四時半だと聞いている。

「言われなくてもわかってる」

「んじゃな」

「あ、待って」

リビングを出て行こうとしたら呼び止められた。

「麻衣さんに伝言か？　そんなの自分で言えよ」

「違《ちが》う」

返事の感じから、本当に違うようだ。

「ならなんだよ」

「あ、あのさ……ゆっくりお風呂《ふろ》入りたいから、出てくるまで部屋にいてくんない」

不安そうな上目遣《うわめづか》い。

「は？」

まったく予想していなかった発言に、ぽかんと口が開いてしまう。

「ゆっくりお風呂に入って、早く寝《ね》ろって言ったのはあんたでしょ」

「僕《ぼく》が残る理由がわからん。いっちょんわからん」

「ひ、ひとりでお風呂入ってると……時々さ、誰《だれ》かが部屋に入ってきた的な気配感じることがあるって言うか……」

ぼそぼそとのどかが理由を語った。

「あ～、シャワー浴びてると、後ろに誰か立ってるような気がすることってあるよな」

「……」

先ほどまで見ていた映画のシーンを思い出したのか、のどかが押《お》し黙《だま》る。

「要するにこわいのか」

「あんたもあのシーンでびくってなってたじゃん……」

虚勢《きょせい》を張るのも忘れて、のどかが泣きそうになっている。

「一緒《いっしょ》に入るんならいいけどさ」

「……」

真面目な顔でのどかが考え込む。

「お、お姉ちゃんが、いいって言うなら」

これまた真剣《しんけん》な表情で、とんでもないことを言ってきた。

「いや、冗談《じょうだん》だから、本気にするな」

時折、のどかにはこういうところがある。冗談が通じない。根が真面目な証拠《しょうこ》だ。

「っ！　まじ死ね！　二度死ね！」

「社会的に死んだ上に、肉体的にも死ねってことか、それ」

のどかに言うでもなく、投げやりに言葉をもらす。

「もう絶対にお姉ちゃんの裸《はだか》は見せない」

「僕だってどうせ見るなら、中身が麻衣《まい》さんのときがいい」

「てか、そんな話してないっつーの！」

微妙《びみょう》に話を変な方向に誘導《ゆうどう》されているのが不服なのか、のどかがぎろっと睨《にら》んでくる。

「……」

咲太《さくた》があくびをすると、無言で口を尖《とが》らせていた。

「わかった。出てくるまでいればいいんだろ、面倒《めんどう》くさいやつだな」

「一言余計なんだよ」

文句を言いながら、のどかは先ほど咲太《さくた》が畳《たた》んだパジャマをソファの上から手に取った。一旦《いったん》、寝室《しんしつ》に駆《か》け込《こ》んでいく。恐《おそ》らく替《か》えの下着を取りに行ったのだろう。すぐに出てきて、脱衣所《だついじょ》に向かう。途中《とちゅう》、立ち止まって振《ふ》り向《む》くと、

「覗《のぞ》くなよ」

と、咲太に向かって言ってきた。

これは覗けという意味だろうか。咲太の耳にはそうとしか聞こえなかった。

だが、直後、脱衣所のドアが閉まると、カタンと鍵《かぎ》のかかる乾《かわ》いた音がした。

「……」

これでは覗きようがない。

仕方がなくソファに座る。ふと目に付いたのは、リビングと和室を隔《へだ》てるドア二枚分の間仕切り。

——和室の戸棚《とだな》は、絶対に開けないこと
思い出したのは麻衣《まい》のそんな言葉。合鍵《あいかぎ》を預かったときに言われた言葉だ。

「……」

今日まで確認する機会に恵まれなかったが、今ならのどかも入浴中なので、これはチャンス

かもしれない。

立ち上がると、咲太はリビングに接する和室の間仕切りを開けた。

普段《ふだん》はあまり使っていないのか、ものが殆《ほとん》ど置かれていない。畳《たたみ》もまだ新しい香《かお》りがして、綺麗《きれい》な状態が保たれていた。

部屋の一番奥《おく》に、戸棚と呼ぶべきものは置かれていた。和室にある唯一《ゆいいつ》の家具だ。

一番上の引き出しを開ける。空っぽの空間に、ぽつんとしまわれているものがあった。

お菓子《かし》の缶。

鳩《はと》サブレーの黄色い缶だ。三十六枚入りの大きいやつ。

戸棚から出して、畳の上に置いた。

それを慎重《しんちょう》に開ける。

「……」

中身は手紙の束だった。全部同じ筆跡《ひっせき》で『桜島《さくらじま》麻衣様』と宛名《あてな》が綴《つづ》られている。消印の一番古いものは『さくらじままいさま』とひらがなだった。

差出人の名前は確認するまでもない。

咲太は手紙の束を缶の中にしまい、大切なものを扱《あつか》うように、そっと戸棚の中へと戻《もど》した。

引き出しを閉めて元通りにする。

すぐに和室からも出た。間仕切りを後ろ手で閉めると、

「あ〜あ」

と、今の気分をわざとらしく声に出した。

麻衣《まい》の気持ちは、戸棚《とだな》の中にしまわれていたのだ。そして、のどかの本心も、もはやばればれだ。

「ったく、早く仲直りしてくんないかなあ」

素直じゃない姉妹に対して、咲太《さくた》は心の底からそう思うのだった。

2

結論から言ってしまえば、撮影《さつえい》当日を迎《むか》えても、やっぱりのどかの準備は整わなかった。現場に姿を見せたのどかは浮《う》かない顔をしていたし、テストテイクでも表情はまだまだ硬《かた》かったと思う。

一週間なんて短い時間で人はそうそう変われない。変われるものではない。

ただ、なんとかしようと試行錯誤《しこうさくご》を繰《く》り返《かえ》し、もがき続けた時間は決して無駄《むだ》ではなかったのだと思う。

わかったこともあったはずだ。気づいたこともあったはずだ。のどかを側で見ていただけの咲太でさえ、色々と思うことはあったのだから。

きっと、現実とはこういうものなのだ。

撮影のことに限らず、準備が完璧《かんぺき》に整うなんてことはそうそうない。何週間の猶予《ゆうよ》を与えられようとも、やはりどこかに不安は付きまとう。そうした不安を抱《かか》えたまま、目の前の現実と向き合っていくしかない。乗り切っていくしかないのだ。

この一週間はそれを知るための一週間だったのだと思う。その証拠《しょうこ》に、撮影開始から一時間以上が経過した十二テイク目をもって、

「はい、オッケー！　お疲《つか》れ様《さま》！」

という、監督《かんとく》の威勢《いせい》のいい声が早朝の駅に響《ひび》き渡《わた》った。

早々に、撮影スタッフは撤収《てっしゅう》の準備に入る。時刻も七時半を回り、駅の利用客も増えてきている。犬の散歩で通りかかった近所のおばさんなどは、立ち止まって撮影の様子を見学したりもしていた。

のどかは片付けをするスタッフのところを回り、ひとりひとりに挨拶《あいさつ》をしていた。カメラマンが笑顔で応じ、側にいたアシスタントさんは声をかけられて恐縮《きょうしゅく》している様子だった。

部外者の咲太は、その仕事の輪に混ざることができないので、人知れずその場から離《はな》れることにした。先週の撮影にも顔を出していたので、気づいたスタッフからは訝《いぶか》しげな視線も向けられていた。『桜島麻衣《さくらじまい》』を追いかけている熱心なファンだと思われるのは構わないが、あれは明らかに不審者《ふしんしゃ》を警戒《けいかい》する目だった。

踏切《ふみきり》前の信号が青に変わるのを待って、海側へと渡《わた》る。一旦《いったん》家に帰るには遅《おそ》いし、学校に行くには早すぎる時刻。こういうときは、海でも眺《なが》めて過ごすのが一番だ。

まだ早い時間帯の海は、殆《ほとん》ど人気《ひとけ》がなかった。遠くに点々と人影《ひとかげ》が見えているだけで、声が届くような距離《きょり》には誰《だれ》もいない。事実上の貸し切り状態。

聞こえてくるのは自然の音ばかり。秋を感じさせる涼《すず》しい海風と、寄せては返す波の音だけに世界は包まれている。

数日前までは、まだまだ夏が続いている印象だったが、こうしてここで風を浴びていると、きちんと秋がやってきているのだと実感できた。

もう九月も中旬だ。いつまでも夏では困る。

朝の光に照らされた海も、夏の青さがその鮮明《せんめい》さを失い、秋の深みへと色を変えている気がした。

穏《おだ》やかで清々《すがすが》しい景色。

視界を遮る邪魔《さえぎじゃま》なものは何もない。海と空と水平線があるだけだ。

それらを独り占めしておきながら、咲太《さくた》は大きなあくびをした。

「ふあ〜あ」

やはり、五時起きは辛《つら》い。眠《ねむ》い。太陽の眩《まぶ》しい光で目がしょぼしょぼする。

「あんたがいると、いい景色が台無し」

その声は、海と向き合う咲太の真横から聞こえてきた。

視線だけで確認する。波打ち際にいたのはのどかだ。見た目は麻衣《まい》ののどかが、海に浮《う》かんだ江《え》の島《しま》をバックに背負っている。映画のワンシーンのような光景。

ぼーっとしていたので、咲太はのどかの気配に全然気が付かなかった。

「学校まで車で送ってくれるって言われたけど、まだ早いから寄り道」

聞いてもいないことを、のどかの方から教えてくれた。CM撮影《さつえい》で着ていた衣装の制服から峰《みね》ヶ《が》原《はら》高校の見慣れた制服に着替《きが》えている。夏服なのに、黒タイツを着用。いつも通りの組み合わせだ。

のどかは海を見ながら近づいてきて、三歩ほど距離を開けたところで立ち止まった。体を真っ直ぐ海へと向ける。

「う～！　気持ちいい～！」

両手をぐうっと上げて伸びをする。

「撮影、お疲《つか》れ」

「うん」

「無事終わってよかったな」

「全然無事じゃない。十二テイクとか、まじありえないから」

「本番前に倒《たお》れた前回と比べたら、全然いいだろ」

「それ忘れたいんだから、いちいち言うな」

一旦《いったん》会話が途《と》切《ぎ》れる。

少しの間、波と風の音に耳を傾《かたむ》けていた。

「あたし、お姉ちゃんみたいになんのはやっぱり無理」

何の前置きもなく、のどかが海に向かって気持ちを吐露《とろ》した。

「今日はちゃんとオッケーもらったんだろ」

「そういう意味じゃなくて」

「は？」

「体が戻《もど》ってからの話」

「そっちね」

「スイートバレットの『豊浜《とよはま》のどか』として、すっごい人気が出ても……お姉ちゃんみたいな超有名人になれたとしてもさ……毎日毎日こんな重たいプレッシャーの中で生きていくとかまじで考えられない。絶対無理」

「そんなの人気が出てから考えろよ」

「……」

なにやら鋭《するど》い視線を横から感じた。顔を向けると、案の定、のどかが不機嫌《ふきげん》そうに咲太《さくた》を見ていた。いや、睨《にら》んでいる。

「あたしじゃ、人気出ないと思ってんの？」

「まあ」

「まあとか言うな！」

「いや、だって、アイドルってたくさんいるじゃん」

最近では麻衣《まい》がよく色々なアイドルグループのライブ映像を見ているので、とにかくたくさんのグループがあることは、咲太もわかっていた。

その麻衣から聞いた話では、ある程度大手の事務所に所属しているアイドルだけでも二千人ほどいるらしい。地方や地下アイドルまで数えたら、どれだけいるかわからないと言っていた。ものすごい過当競争をしている状態なのだ。

その中から、頻繁《ひんぱん》にＴＶ出演を勝ち取れるのはほんの一握《ひとにぎ》り。華《はな》やかな舞台《ぶたい》の裏側では、無数のアイドルグループたちが、日の目を見る日を夢見てひしめき合っている。

「たくさんいるのは、その通りだけどさ」

「お前よりかわいい子もたくさんいるし」

「そ、それもそうだけど！」

はっきり言うなとのどかの目が怒《おこ》っている。いや、顔全体が膨《ふく》れっ面《つら》だ。

気にせずに咲太は続けた。

「歌とかダンスだって」

「あたしのライブ、見たことないじゃん！」

「あるよ。お前が麻衣《まい》さんの映画とかドラマとか見まくってるのと同じで、麻衣さんもうちでライブ映像とかPVとか、MVって言うの？　すげえ熱心に見てるから」

「逆に、見た上で、よく本人を目の前にして言えるな」

「本人いないところで言う方が性格悪いだろ」

「どっちにしろ、まじデリカシーない」

「難しいと思ってんのに、『絶対売れる』とか、『がんばればなれる』とか白々しい言葉で応援《おうえん》すんのがデリカシーってやつなら、そんなのとっくの昔に尻《しり》から出して、トイレに流したよ。大の方で勢いよく流したな」

「……」

のどかは口を開けて固まっている。

「僕《ぼく》のいい話に感銘《かんめい》を受けているところ悪いが、麻衣さんの顔で間抜《まぬ》けな表情やめろ」

「心底呆《しんそこあき》れてんだよ。ほんと、なんなのあんたって」

「梓川咲太《あずさがわさくた》ですけど」

「うわー、まじウザい」

わざとらしい口調で言うと、のどかは砂浜の上を歩き出した。波打ち際の少し濡《ぬ》れている場所を選んで進んでいく。乾《かわ》いた部分と違《ちが》って、足場が安定するのだ。

進路は東。鎌倉《かまくら》方面であり、学校があるのもそっちだ。一駅分歩けば、七里《しちり》ヶ《が》浜《はま》駅のお膝元《ひざもと》にたどり着く。

遠ざかっていくのどかの後ろを、咲太は同じペースで追いかけた。

「あ～あ、どうしよ」

「生まれ持った顔と体はそのままなんだから諦《あきら》めろよ」

「誰もそんな話してないっつーの！」

「じゃあ、なんだよ。お母さんがお前に『桜島麻衣《さくらじま》のような人気者になってほしい』と思ってるのに、絶対無理って気づいて困ってんのか？」

なんでもないように、咲太はのどかの背中にそう問いかけた。

「……」

無言でのどかが立ち止まる。咲太も一緒《いっしょ》に足を止めた。三メートルほどの距離《きょり》。

「そうだよ。悪い？」

振《ふ》り向《む》かずにのどかが答える。

「いいか悪いかなんて僕が決めることじゃないな」

「……」

「お前はどうなわけ？」

「どうって？」

「麻衣《まい》さんみたいになりたいのかって話」

「……」

背中を向けたまま、のどかはじっとしていた。わずかに俯《うつむ》いて考え込んでいる。波が二度、三度、寄せては返す。

「よくわかんない」

曖昧《あいまい》なことを、やけにはっきりした口調でのどかは告げてきた。

「前は、なりたかったんだと思う。現実見えてなかったし……やっぱり、憧《あこが》れだったし」

顔を上げたのどかが空に声を飛ばす。

「今は？」

「だから、わかんないって」

馬鹿を見るような目でのどかが振《ふ》り返《かえ》る。

「今回のことで、気づいたしさ。あたしには絶対無理。あんなプレッシャーの中にいたら、ストレスで死ぬ。どっちかって言うと、もうお姉ちゃんみたいになりたくない」

正直な答えだと思った。こわいと思ったことを素直にこわいと言えている。

「だったら、麻衣さんとは違《ちが》う形で、お母さんを納得させるしかないってことだな」

「そんなぼんやりした目標を簡単に言うなっつーの」

「言うのは簡単だから簡単に言うっつーの」

「……」

目を細めてのどかが不機嫌《ふきげん》をぶつけてくる。

「続ける意味がないんなら、別にやめたっていいんだろうし」

「え？」

「アイドルだよ。嫌々《いやいや》やられても、ファンだって悲しいだろ」

言いながら歩き出した咲太《さくた》は、のどかの脇《わき》を通《とお》り抜《ぬ》けて追い越した。

「そんでもって、さっさと麻衣さんに体を返して家に帰れ。こっちは同棲《どうせい》状態だっていうのに、麻衣さんが歌とダンスの練習ばっかで、全然かまってくれなくて、悶々《もんもん》とした日々を送ってんだ」

ちょっと話でもしようかと思って声をかければ、「ごめん。ダンスの練習のあとにして」と言われ、終わってから話しかければ、「もう寝《ね》るから朝にして」と言われ、翌朝になったらなったで、ジョギングに出かけていて家にいないという始末。しかも、戻《もど》ってきたらシャワーを浴びて、麻衣はさっさと学校に行ってしまう。

週末にいたっては、毎週のように、名古屋、大阪、福岡へと移動して、イベント会場やショッピングモールなどでミニライブをしているのだ。

すれ違いっ放しで崩壊《ほうかい》寸前のカップルのような生活だ。麻衣には悪気も自覚もないのがなおのこと問題だったりする。現状に不満があるのは咲太《さくた》の方だけなのだから。

「ならさ、あたしがかまってあげよっか？」

「は？」

肩越《かたご》しに振《ふ》り返《かえ》ると、のどかの楽しげな顔が待っていた。何かを企《たくら》んでいる意地の悪い笑みだ。大方、麻衣《まい》の姿を利用して、咲太をからかってやろうという魂胆《こんたん》なのだろう。ただ、その計画は表情から全部もれている。

とは言え、断る理由はないので、厚意には素直に甘えておくことにする。この際、中身がのどかでも我慢《がまん》しよう。今日までの禁欲生活を考えれば、多少のことは麻衣も許してくれるはずだ。

「具体的に何してくれんの？」

「お姉ちゃんが許してる範囲《はんい》までならいいよ」

余裕《よゆう》の表情でのどかが近づいてくる。前に、「手を繋《つな》いだところまで」と言った咲太の嘘《うそ》を信じているようだ。そろそろ、本当のことを教えておこう。

「あ、まだディープなところまでは行ってないから」

「何の話？」

「チュー的な話」

「は？」

まだ理解が追いついていないようだ。

「え？　嘘、ちょっ！　ディープじゃないのは⁉」

しどろもどろになりながら、なんとかのどかが疑問を声にする。

「した」

「っ⁉」

驚《おどろ》いたのどかが砂の山に足を引《ひ》っ掛《か》ける。完全にバランスを崩《くず》して、咲太がいる方へ倒《たお》れてきた。

「あ、バカ！」

とっさにのどかの体を支えようとしたが、倒れてくる勢いを殺し切れずに、砂浜の上に押し倒されてしまう。

そのとき、右の頬《ほお》にやわらかい感触《かんしょく》があった。知っている感触。前に同じことを麻衣にしてもらったことがある。

推測が的中していたことは、直後ののどかの反応が教えてくれた。

「っ⁉」

慌《あわ》てて身を起こすと、のどかは両手で唇《くちびる》を隠《かく》したのだ。顔はすでに赤い。咲太と目が合うと、さらに頬を色濃く染めながら、即座に背中を向けた。制服のスカートについた砂を払《はら》うような素振《そぶ》りを見せて平静を装っている。今さら手遅《ておく》れなのに……。

「麻衣《まい》さん、手ぇ貸してほしいなあ」

引っ張り起こしてもらおうと、咲太《さくた》は両手を出した。

「……」

一瞬《いっしゅん》、躊躇《ためら》うような仕草を見せたのどかだったが、照れていると思われるのが嫌《いや》だったのか、黙《だま》って近づいてくる。口を真っ直ぐ横に結んだ何かを我慢《がまん》した顔で引っ張り起こしてくれた。

「正直、ここまでしてくれるとは思わなかった」

「ち、違《ちが》っ……わない。これくらい平気だし……」

言いながらも、やっぱりのどかはそっぽを向いている。

「こ、高校生なんだし、き、き、キスくらい常識」

「アイドル的に、その発言はアウトなんじゃないか？」

「あ、あたしはしたことないっつーの！」

気が動転して、言っていることがぐちゃぐちゃだ。しかも、墓穴《ぼけつ》を掘《ほ》ったことに気づいたのか、

「嘘《うそ》、あるし！」

と、取って付けたようにまた言い直した。

「いや、だから、アイドル的には、あっちゃまずいだろ」

「メンバーとだからいいの！」

軽い気持ちでのどかを突《つ》いたら、とんでもないカミングアウトが返ってきた。

「……」

女子同士のキスをリアルに想像すると、なかなかの背徳感《はいとくかん》が漂《ただよ》ってくる。

「お前、そっちだったのか。ま、お姉ちゃん大好きだもんな」

「そっちじゃない！　好きなのは男！」

そろそろこの話題から離《はな》れた方がいい気がしてきた。すっかり動揺《どうよう》したのどかの口から、もっととんでもないカミングアウトが飛んでくるかもしれない。なんせ、否定しなければいけないはずの咲太《さくた》の言葉を、否定し忘れているくらいだ。どうやら、お姉ちゃんのことは大好きでいいらしい。

「元気も出たし、学校行くかー」

まだ余裕《よゆう》のある時間だが、のどかとじゃれ合っているうちに遅刻《ちこく》……というのは納得いかない。わざわざ五時起きをしたのだ。

「ま、待って！」

歩き出した咲太の背中を、のどかが呼び止めてくる。

「いや、もう弁解ならいいぞ」

「そうじゃなくて……」

振《ふ》り返《かえ》ると、のどかは先ほどまでとは違《ちが》う顔をしていた。照れた雰囲気《ふんいき》がなくなっている。

「あたし、お姉ちゃんみたいにはなれないけど、アイドルは続ける」

どこか晴れやかな表情。すっきりした笑顔をのどかは咲太に向けていた。

「お母さんが勝手にオーディションに応募《おうぼ》して、たまたま受かってはじめたことだけど、ライブは楽しいいし、応援《おうえん》してくれるファンもいるし」

「そか」

「うん、だからまずはあたしメインの曲をもらえるようにがんばる。そうすれば、お母さんもわかってくれるかもしんないし」

「ふーん」

「あのさ」

急にのどかの声のトーンが落ちた。表情は不愉快《ふゆかい》そのものだ。

「なんだよ」

「あんた、なんで退屈《たいくつ》そうな顔してんの？」

「退屈だからだろうな」

「はあ？　人が真面目に話してんのに？」

「真面目な話って、だいたい退屈だろ」

「まじで、その頭の中、どうなってんの？」

「麻衣《まい》さんのことでいっぱいなんじゃないか？」

「……」

「もう、わかった。絶対有名になって、あんたを後悔《こうかい》させる」

「……」

「万が一そんな日が来たら、ぎゃふんと言ってやるよ」

「その言葉忘れんな」

「忘れる前に有名になってくれな」

言っている途中《とちゅう》で、今度こそ咲太《さくた》は学校へ向けて歩き出した。のどかも後ろから付いてきて隣《となり》に並ぶ。しばらくはぶつぶつと咲太の文句を言いたい放題言っていた。

階段を上がって、学校に続く通りに出る。

信号待ちをしていると、のどかが何かに気づいて鞄《かばん》のポケットからスマホを取り出した。画面を見た瞬間《しゅんかん》、びくっと体を震《ふる》わせる。

「出て」

短く言って、のどかがスマホを差し出してきた。咲太の方へ向けられた画面は、電話の着信を知らせている。発信者は『のどか』になっていた。つまり、麻衣《まい》からの電話だ。

一度は、「自分で出ろ」と言いかけた咲太だったが、そんなやり取りをしているうちに切れてしまうと思い、無言でスマホを受け取った。画面に触《ふ》れて電話に出る。

「はい」

「なんで、咲太が出るのよ」

「いや、麻衣さんと話したくないって言うから」

「い、言ってない！」

怒《おこ》った様子で、のどかが制服の短い袖《そで》を引っ張ってくる。

「ま、咲太に用事だからいいんだけど」

「僕《ぼく》に？」

「うん。家を出る前なんだけど、咲太の家の電話が鳴って……知らない番号だったから出なかったんだけどさ。留守電に切《き》り替《か》わったから……」

相手がメッセージを入れるときには、受話器を上げなくても、電話に出なくても、声は聞こえるようになっているのだ。

「誰《だれ》からでした？」

「お父さん」

麻衣の言葉からはかすかな緊張《きんちょう》を感じた。咲太が両親と離《はな》れて暮らしている事情を麻衣は知っている。だから、気を遣《つか》ってくれているのだ。

「かえでは？」

「部屋から顔だけ出して聞いてたみたい。『だいじょうぶです』とは言ってたけど……ちょっと驚《おどろ》いてはいたかな？」

「そうですか」

今日は、早く帰ってかえでの好物でも作ってあげよう。

「先にかえでちゃんの心配するところが咲太《さくた》よね」

独り言のように、麻衣《まい》がそんな感想をもらしていた。

「留守電にはなんて？」

「明後日の日曜日に会えないかって」

「わかりました。わざわざありがとうございます」

「うん」

「あ、ＣＭの撮影《さつえい》なら無事終わりましたよ。十三回くらい撮《と》ったけど」

「十二回！」

即座にのどかが訂正《ていせい》してくる。たぶん、麻衣にも聞こえただろう。

「そう。のどかにお疲《つか》れ様《さま》って伝えといて」

露骨《ろこつ》に咲太が話題を変えても、麻衣は何も言ってこなかった。咲太のしたいようにさせてくれている。たぶん、聞きたいことはあっただろうし、心配してくれているのだと思うが、その感情をそのまま態度には出さない。出せば、答えを強要してしまうと麻衣はわかっているのだ。

両親の件に関して言えば、そうした麻衣の気遣《きづか》いは大変ありがたかった。別に不仲というわけではないし、会ったり、電話をしたりするのに抵抗《ていこう》があるわけではない。だけど、今は離《はな》れて生活をしている。そんな宙に浮《う》いたような状態に関して咲太が思っていることを、誤解がないように上手に伝えるのは簡単ではないのだ。

「じゃあ、私、そろそろ学校着くから」

「はい」

通話を終えると、スマホをのどかに返した。咲太を見るのどかの目は、何かを聞きたそうにしている。きっと、中身が麻衣でも同じ顔をしていた場面だ。実際、このときののどかの表情は麻衣にそっくりだった。

3

その日の学校からの帰り道は、奇妙《きみよう》な我慢《がまん》大会が開催《かいさい》されることになった。

切《き》っ掛《か》けは一本の電話。今朝、父親から連絡《れんらく》があったことを、麻衣が知らせてくれたのがはじまりだった。

「……」

何か聞きたそうにしているのどかの視線を感じる。

「……」

対する咲太は気づいていないふりに徹《てっ》していた。

七里《しちり》ヶ浜《がはま》駅の小さなホームで電車を待っているときも、短い四両編成の電車に乗ってからも、そして、藤沢《ふじさわ》駅で下車してからも、その無言のやり取りは続いていた。

のどかとしては気を遣《つか》っているつもりなのだとは思う。疑問が顔に出ないように、取《と》り繕《つくろ》ってくれてはいる。だが、逆に、そのわざとらしい態度がのどかの本心を浮《う》き彫《ぼ》りにしていた。

前々からなんとなく思っていたが、のどかは嘘《うそ》が苦手だ。顔や仕草に本音が出ている。

咲太《さくた》がコンビニでちょっといいプリンを買っているときも、店から出たあとも、視線が合うと露骨《ろこつ》に逸《そ》らしていた。

これに気づかないふりをするというのは、かなりの演技力が必要だ。

「聞きたいのは、僕《ぼく》の家庭の事情か？」

コンビニから少し離《はな》れたところで、咲太は面倒《めんどう》くさそうに話題を振《ふ》った。普通《ふつう》に考えれば、高校生が中学生の妹とふたりで生活をしているというのは不自然なことだ。誰《だれ》だって疑問に思うだろう。

「……」

少し驚《おどろ》いた様子で、のどかが咲太を見てきた。けど、すぐに持ち直して、

「それは、お姉ちゃんからだいたい聞いてる」

と、小さな声で告げてきた。

「体が入《い》れ替《か》わった日に聞いた」

どこか言い訳をするようなニュアンスが含《ふく》まれているのは、他人の事情を勝手に知ってしまったことへの罪悪感があるからだ。

麻衣《まい》が必要だと判断してのどかに話したのだろうから、咲太としては何ら問題を感じていない。もちろん、のどかが罪悪感を覚える必要もないことだ。

「なら、なんだよ」

「あんたは、親のことどう思ってんの？」

赤信号で立ち止まる。

「親だと思ってるな」

「はあ？」

「だから、親だと思ってる」

「なにそれ。もっと色々あんでしょ？」

「たとえば？」

「好きとか、嫌《きら》いとか、むかつくとか、ウザいとか」

「なら、それ全部かな」

さらっと咲太はそう答えた。

「……」

不満でいっぱいになったのどかの瞳《ひとみ》。咲太が本音を言っていないと思っているようだ。

「今の全部、一回ずつくらいは思ったことあるよ、たぶん」

「たぶんって」

「じゃあ、なんて言ってほしいんだ？」

信号が青に変わる。咲太《さくた》は考え込んでいるのどかを置いてひとりで歩き出した。思い出したように、のどかも追いかけてくる。

横に並んだのどかの口元は、ますます不満に歪《ゆが》んでいた。『へ』の字になっている。ただ、それは咲太の返答に対する不満ではなさそうだ。上手く主導権を握《にぎ》れないことに対する小さな苛立《いらだ》ちに変わっていた。

「恨《うら》んでない？」

信号を渡《わた》り切《き》ったところで、のどかが再び聞いてきた。

「別に」

それは、紛《まぎ》れもなく咲太の本心だ。

かえでがいじめにあったことの結果として、今、家族は離《はな》れ離《ばな》れになって生活をしている。そうなった直後は、咲太の中に穏《おだ》やかではない感情は確かにあったと思う。親を恨んだと思う。けど、この瞬間《しゅんかん》から振《ふ》り返《かえ》ると、それはあくまで瞬間的なものに過ぎなかった気がする。しばらく時間が経つと、気持ちはむしろ静かなものだった。それには、もちろん、その当時の咲太を支えてくれたある人物……牧之原《まきのはら》翔子《しょうこ》の影響《えいきょう》も大きいと思うが……。

「なんで？」

「たぶん、親だからだろ」

今度も、咲太は軽く答えた。難しく考えると難しく思えてしまうことも、簡単に考えれば意外と簡単だったりする。

「……」

再び口を噤《つぐ》んだのどかは、何かを考えている様子だった。恐《おそ》らくは自分と母親の関係についてだ。

ケンカをして家を飛び出してきたのどかにとって、母親は嫌悪《けんお》の対象なのは間違《まちが》いないと思う。顔も見たくない。声も聞きたくない。干渉《かんしょう》されたくない。

けれど、このままではいけないことを、きっとのどかは心のどこかでわかっている。このままでは嫌《いや》だと思っているのだ。

だから、咲太の言葉の中に答えを探している。ただ、どんなに注意深く探《さぐ》っても、そこにのどかの求める答えはない。あるのは咲太の出した答えだけだ。

「うちはうち、よそはよそって、よく親に言われなかったか？」

「うちじゃあ、『麻衣《まい》ちゃんみたいに』って言われることの方が多かった」

呪詛《じゅそ》の言葉のようにのどかが呟《つぶや》く。

「そりゃ、たまんないな」

「ほんと、たまんない」

そこで会話が途切《とぎ》れると、のどかはもう質問をしてこなかった。何も言ってこなくなった。

だが、その沈黙《ちんもく》も長くは続かない。

マンションの前まで戻《もど》ってくると、

「あの車……」

と、のどかは眉《まゆ》を顰《ひそ》めた。

見ていたのは前に止まっていた白のミニバン。品川《しながわ》ナンバーの車だ。少なくともこの辺の住人のものではない。

そんなことを考えながら観察していると、運転席のドアが開いた。降りてきたのは、四十歳前後の品の良さそうな女性。その目は真っ直ぐにのどかを見ている。咲太《さくた》のことなど眼中にない様子で、コツコツと靴《くつ》を鳴らしながら近づいてきた。

のどかの口が無意識に「お母さん」と動く。音にはなっていない。

「麻衣《まい》さん」

対照的に、のどかのお母さんの口調ははっきりしていた。どこかトゲがある。『麻衣』を見る目つきも刺々《とげとげ》しい。

「のどかは、どこですか？」

険しい表情で母親が『麻衣』に詰《つ》め寄《よ》る。まさか、目の前にいるのがのどかだとわかるはずもない。体が入《い》れ替《か》わっている事実など、知る由もないし、言われても普通《ふつう》は信じられないだろう。だから、母親はあくまで『麻衣』だと思って接している。

「いい加減に、のどかを返してください」

その態度は完全に麻衣を悪者扱《あつか》いしていた。

「あの子は、今、大事な時期なんです。邪魔《じゃま》をしないで」

「すみません。お話が見えないのですが？」

麻衣のような口調でのどかが返す。けれど、その唇《くちびる》はかすかに震《ふる》えていた。

「あなたの家にいるんでしょう？」

「いえ、いません」

「嘘《うそ》をおっしゃい！」

実際、嘘は言っていない。今、のどかの体を預かっている麻衣は、咲太の家に居候《いそうろう》しているのだ。

「本当にうちにはいません。部屋に上がって確認なさいますか？」

「……」

母親が押《お》し黙《だま》る。上がって本当にいなければ、自分の非礼を認めなくてはならなくなるので尻込《しりご》みしたのだ。その程度の冷静さは、まだ残っていたらしい。

「いいえ、いいわ」

少し考えたあとで、のどかの母親はそう言って引き下がった。

「のどかから連絡《れんらく》があったら、早く帰ってくるように伝えてちょうだい」

「わかりました」

麻衣《まい》としての表情を崩《くず》さずに、のどかが気丈《きじょう》に振《ふ》る舞《ま》っている。

「……」

その大人びた態度に、母親は何か言いたげだったが、結局何も言わずに車に戻《もど》った。エンジンがかかり、すぐに車は走り出す。そのテールランプが見えなくなると、

「嫌《いや》な母親でしょ」

と、のどかが言ってきた。目元は悲しげだ。誰《だれ》だって、親の悪口を言って楽しいはずがない。

「子供のために必死になれんのは、いいことだと思うけどね」

「あれは、自分のプライドを守りたいってだけ」

もちろん、それもあるのだろう。前に麻衣が言っていた通りだ。母親同士の優劣《ゆうれつ》を競い合う代理戦争を麻衣とのどかはさせられている。圧倒的《あっとうてき》大差で勝利を収めた麻衣の母親に、もはや対抗《たいこう》意識などはないと思うが……のどかの母親にとっては、未だ終戦を迎《むか》えていないのだ。先ほどの態度がそう物語っていた。

同時に、なりふり構わないのどかの母親の姿勢の中に、咲太《さくた》はのどかに対する親の気持ちを見たような気がした。

人間、自分のためだと思うと理性が働いて、躊躇《ためら》ってしまう気がする。周囲の目を気にして、無茶ができなくなる。だけど、誰《だれ》かのためなら「仕方なく」と、自分に言い訳できるので、必死になれることもあるのだ。

少なくとも、咲太は自分のために恥《はじ》を晒《さら》す勇気はない。全校生徒の前で麻衣に告白をできたのは、それ相応の理由があったから。そうしなければならない理由があったからこそできたことだった。

「……」

もう見えなくなった母親の車を、のどかは未だに目で追っていた。その寂《さび》しげな横顔を見ていたら、帰り道でのどかが咲太に求めていた答えが何であったのかわかった気がした。

「別にいいんじゃないのか」

「……」

のどかの目が「何が？」と聞いてくる。

「お母さんのこと好きでもさ」

「っ⁉」

「ケンカしようが、むかつこうが、家出しようが、やっぱり好きなんだろ、お前」

「……」

のどかは何も言わない。奥歯《おくば》を噛《か》み締《し》めて、じっと咲太を見つめている。睨《にら》んでいる。咲太の真意を探《さぐ》るように、瞬《まばた》きをするのも忘れて……。

「……あんな、嫌《いや》な母親なのに？」

少しの間を空けて、自信なさそうにのどかが聞いてきた。

それこそがのどかの本心なのだと咲太《さくた》は感じた。「麻衣《まい》のように」といつも干渉《かんしょう》されて、苛《いら》立《だ》って、大ゲンカして……結果、今は家を飛び出してきた。

母親の嫌なところはいっぱい見てきた。腹の立つことを言われてきた。それでも、のどかは母親を嫌《きら》いになりきれなかった。そんなのはおかしいと思う気持ちがある一方で、好きなままでいたい気持ちも同じくらいの強さであるのだ。

その相反する気持ちに自分では決着をつけられなかった。だから、のどかはその答えを咲太に求めてきたのだろう。

——恨《うら》んでない？

という、短い質問に想いを全部込めて……。

「嫌な母親って、誰が言ってんだよ」

少なくとも咲太は何も言っていない。

「あたし自身がそう思ってるし、ライブは毎回見に来てくれるから、メンバーもお母さんのこと知ってて……『どかちゃんのお母さん、ちょっとすごいよね』くらいのことを言われてるのは知ってる」

「だから、好きでいたらいけない気がしてんのか？」

「……」

「アホらし」

「だって！」

「お母さん悪者にされて嫌な気持ちになってんなら、もう答え出てるだろ。ケンカして嫌な気分になってんだったら、もう出てんじゃねえの」

「……」

ずっと苦しかったのか、のどかが胸元を握《にぎ》り締《し》めた。

「なんで……」

「ん？」

「なんで、あんたが一番言ってほしいこと言うわけ」

涙《なみだ》を堪《こら》えながらも、きりっとした顔で咲太を睨《にら》んでくる。けれど、その我慢《がまん》は長続きしなかった。込み上げる感情に負けて、うれしさと悔《くや》しさの入り交じった幼い表情に変わる。まるで、泣いてないと強がっている子供のようだった。

「お前、麻衣《まい》さんの顔でそれやめろ。かわいすぎて襲《おそ》うぞ」

「襲うな、バカ」

目の端《はし》に溜《た》まった涙を指で拭《ぬぐ》っている。

「お前ね……言った側から」

その仕草も、破壊力抜群《はかいりょくばつぐん》だ。

「そっちもそれやめて」

「は？」

「あんたに『お前』って言われるの、前々から屈辱的《くつじょくてき》だった」

泣いているのをごまかすように、そんなことを言ってくる。

「んじゃ、そっちもやめてくれ」

「は？」

「僕《ぼく》は『あんた』って言われるのなんとも思わないけどさ」

「ウザ」

「麻衣《まい》さんの姿で、汚《きたな》い言葉使うのはやめろ」

「今のは本気っぽい。まじでお姉ちゃんのこと好きなんだ」

「そうだよ」

「……」

「なんだよ」

「咲太《さくた》って羞恥心《しゅうちしん》ないわけ？」

さらっとのどかが名前を呼び捨てにしてきた。

「名字の梓川《あずさがわ》って長いし」

聞いてもいないのに、慌《あわ》てて理由を教えてくれる。咲太から背《そむ》けた顔はほんのりと赤くなっている。

「ま、豊浜《とよはま》の好きにすればいいんじゃないの」

「……」

「名前と名字で一文字しか変わんないし」

「何も言ってない」

「それとも、『どかちゃん』にするか？」

アイドル『豊浜のどか』のあだ名だ。

「バカにすんな」

「嫌《いや》なら、心の中でだけそう呼ぶことにするよ」

「あんたね」

「戻《もど》ってるぞ、どかちゃん」

「あんたはあんたで十分だっつーの！」

そう吐《は》き捨《す》てると、のどかはぷりぷりした様子でマンションに入っていった。

「一歩進んで、一歩戻ったな、これ」

それならそれでいいかと思い、咲太も回れ右をして家に帰ることにした。

「ただいまー」

咲太《さくた》が玄関のドアを開けて帰宅を告げると、

「お、お兄ちゃん、おかえりなさい！」

という、かえでの元気な声が出迎《でむか》えてくれた。ただ、待てど暮らせど、かえでは玄関までやってこない。普段《ふだん》なら飼《か》い猫《ねこ》のなすのと一緒《いっしょ》に小走りでやってくるはずなのに……。

どういうわけか、今日のかえでは洗面所のドアの隙間《すきま》から顔だけを出して、帰ってきた咲太の様子を窺《うかが》っていた。

「は、早かったですね、お兄ちゃん」

声は強張《こわば》り、表情からは焦《あせ》りが窺い知れる。

「そうか？　てか、それは新しい遊びなのか？」

靴《くつ》を脱《ぬ》いで家に上がる。自分の家だ。遠慮《えんりょ》は必要ない。

「か、かえでがいつも遊んでいると思ったら大間違《おおまちが》いです」

心外だとばかりに、珍《めずら》しくかえでがむくれている。

「プリンあるぞ」

コンビニの袋を持ち上げてアピールしたら、

「わーい」

と、かえでは笑顔を見せた。

一旦《いったん》、洗面所から出てこようとする。だけど、

「はっ！」

と、自ら気づいて、再び籠城《ろうじょう》の構えを見せた。

とりあえず、かえでは後回しにして、プリンを冷蔵庫に入れておく。それから洗面所に戻《もど》っても、やはりかえでは守りを固めていた。

「うがいをしたいんだが」

「手洗いうがいは大切です！」

力強くかえでが頷《うなず》いている。

「……」

「……」

だけど、ドアは開けてくれないようだ。小田原城《おだわらじょう》にも引けを取らない強固な守り。いや、嘘《うそ》だ。たぶん、咲太の力で簡単に開く。

「シャワーを浴びてて、まだ服を着てないのか？」

「それくらいだったら、わざわざドアは閉めません」

「むしろ、その場合はドアを閉めようか」

兄と妹の間にも、最低限の慎《つつし》みは必要だ。

「で、ほんとになんだ、これ？」

わけがわからなすぎて、咲太《さくた》は今の気持ちを言葉にしていた。

ほんとにわけがわからない。思春期の妹は突然《とつぜん》洗面所にこもる日が訪れるのだろうか。咲太が知らないだけで、まだまだたくさん『女の子の日』的なものがあるのだろうか。

「かえでも色々と思うところがあるんです」

「何を思ったらこうなるんだ？」

そろそろ、顔だけの妹と会話を続けるのにも飽《あ》きてきた。

「お兄ちゃん、笑わないですか？」

「できれば、笑いながら生きていたいな」

「……」

「わかった。笑わないって」

ほんとに何なのだろうか。さっぱりわからない。

「ちょっと待っててください」

頭を引っ込めると、かえでは一度ドアを完全に閉めた。

「……」

ドア越しにかえでが身じろぎをしているであろう音だけが聞こえてくる。

なかなかドアは開かない。

待たされること三分ほど……もう外から開けてしまおうと咲太が考えたところで、ようやくドアが開いた。

姿を見せたかえでは、きちんと服を着ていた。

ただし、見慣れない服装だ。白のブラウスに、紺色《こんいろ》のベスト、同色のスカート。ぱっと見は違和感《いわかん》しかなかったが、よく見れば中学校の制服だ。この街に引《ひ》っ越《こ》してきてから、まだ一度も通っていない中学校の夏服。

真新しさが目立つ。使っていないのだから当然だ。スカートも標準の丈《たけ》なので、やたらと長く感じる。

「ど、どうですか？」

「押入《おしい》れの臭《にお》いがするな」

ずっとしまってあったのだから仕方ない。

「そ、それだけですか？」

「スカートが長くて、イモだな」

「おイモはおいしいです」

「あと、なんか中学生っぽい」

「か、かえでは正真正銘《しょうしんしょうめい》中学生なんですよ！」

憤慨《ふんがい》するかえでを横にどかして、咲太は洗面所に入った。石鹸《せっけん》で手を洗い、がらがらとしっ

かりうがいをする。のどかの姿になった麻衣《まい》をこの家に泊《と》めることになった日に、「風邪《かぜ》引いて、私にうつしたりしたら許さないから」と、真顔で言われたのだ。

念のため、もう一度うがいをする。ついでに、顔も洗った。

「かえでも、そろそろだと思うんです」

タオルで顔を拭《ふ》いていると、かえでがそんなことを言ってきた。

「そろそろ、がんばろうと思うんです」

「ほどほどにがんばれよ」

ぽんとかえでの頭に手を置く。かえではくすぐったそうに笑っていた。

恐《おそ》らく、今朝かかってきた電話が切《き》っ掛《か》けなのだろう。父親からの電話……。

このままではいけないとは日々思っていて、後押《あとお》しする何かが、たまたま今朝やってきた。

そういうことなのだと思う。

「最近、お兄ちゃんが次から次へと新しい女の人を連れてくるので、かえでがそろそろちゃんとしないといけないと思うんです」

「……」

予想と全然違《ちが》う理由を、かえではやる気満々で語ってきた。

「理由、そっちか」

「そっち？」

わかっていない顔で、かえでが首を傾《かし》げている。だいぶ、斜《なな》めになっていた。

「いや、いいんだ」

この際、理由など本当にどうでもいい。かえでが自分で中学校の制服を着てみようと思ったことに意味がある。そして、本当にひとりで着られたことに意味があるのだ。

妹のうれしい変化にこっそり感動していると、

「ただいま」

と、麻衣《まい》が帰ってきた。毎回、インターフォンに出るのも面倒《めんどう》なのと、咲太《さくた》がバイトでいないときに困るので、結局麻衣にはこの家のスペアキーを預けてある。

「おかえりなさい、のどかさん」

「あれ？　制服？」

麻衣がのどかの口調で驚《おどろ》いている。

と、続けて麻衣がかえでを褒《ほ》めた。

「いい、かわいい」

「お兄ちゃんには、イモだと言われました」

「スカート、もっと短くしないと」

「なるほど！」

真面目な顔で、かえでが麻衣からのアドバイスに頷《うなず》いている。のどかの外見はイマドキな感じなので、言葉に説得力があるのだと思う。

「あ、これ、お土産」

麻衣がコンビニも袋をかえでに渡《わた》していた。

中をかえでが覗《のぞ》き込《こ》んでいる。

「あ、ちょっといいプリンです！　今日はプリンでパーティーができますね！」

「パーティー？」

意味がわからない麻衣の表情に疑問が宿る。

「お兄ちゃんも買ってきてくれたんですよ」

自慢《じまん》でもするように、かえでがうれしそうに話していた。

「あ、そういうこと」

「そういうことなんです！」

元気いっぱいに、かえでがプリンを冷蔵庫にしまいに行った。そこで、麻衣と目が合う。

「麻衣さん、歌の練習は？」

放課後にレッスンのない日は、必ずカラオケボックスに麻衣は寄っていた。今日もそうするものだと思い込んでいた。なのに、寄り道をしてきたにしては、まだ時間が早い。

「喉《のど》の調子と相談して、今日はお休み」

もちろん、それは方便だ。

かえでの心配をして、早く帰ってきてくれたに決まっている。ちょっといいプリンのお土産がその証拠《しょうこ》だ。

「にやにやすんな」

のどかの口調で、麻衣《まい》が足を踏《ふ》んでくる。こんなことをされては余計に頬《ほお》が緩《ゆる》んでしまう。口元も緩んでしまう。我慢《がまん》するなんてもったいない。だから、咲太《さくた》はやっぱりにやついたままで、この幸せな時間を存分に堪能《たんのう》するのだった。

4

二日後の日曜日。この日、咲太は早めに昼食を済ませて、バイト先のファミレスへ出かけた。途中《とちゅう》、一時間の休憩《きゅうけい》を挟《はさ》んで夜の九時までシフトが入っているのだ。

ランチタイムの忙《いそが》しい時間はフロアに出て接客に当たっていた咲太だったが、客足が落ち着いてきた二時過ぎになると、ディナータイム用の食器を用意するために奥《おく》へと引っ込んだ。フォークにナイフ、スプーンなどを磨《みが》いておかなければならない。

「先輩《せんぱい》」

「……」

誰《だれ》かに呼ばれた気がするが、咲太は気にせずに黙々《もくもく》と作業を続けた。咲太の手にかかれば、食器はすべてぴかぴかだ。

「先輩、手伝ってよぉ」

「……」

「無視とか、ひど！」

気のせいかと思っていたが、どうやらそうではないらしい。作業の手は止めずに、咲太は声の主に振り向いた。

ビールサーバーの前で膨《ふく》れっ面《つら》をしていたのは古賀《こが》朋絵《ともえ》だ。ひまわりの種をたくさん口に含《ふく》んだリスのようにも見える。

「なんだよ、古賀」

「だから、ビールのタンクを持ち上げるの手伝って」

朋絵の足元には、台車に載《の》せられた二十リットルのタンクがある。業務用の銀色のやつだ。設置場所は腰《こし》の高さほどの棚《たな》の上なので、朋絵ひとりで持ち上げるのはしんどいどころか、若干危険だ。

台車に載せるのも一苦労だったのではないだろうか。

「言えば、僕が持ってきたのに」

「はあ？　先輩が『任せた』って言ったんじゃん」

朋絵が口を尖《とが》らせる。

「そんなこと言ったか？」

記憶《きおく》にないが、一応思い返してみる。

「……」

いや、言ったような気がしてきた。スプーンを磨《みが》きはじめて早々に、「先輩《せんぱい》、ビール空っぽになってる」と声をかけられて、反射的に「任せた」と口走ったような……。何か考え事でもしていたのか、十分くらい前のことなのに、咲太《さくた》はあまり覚えていなかった。

「にしても、ほんとにひとりで運んできたのか」

「台車載《の》せるとき、腕《うで》取れるかと思った」

「グロいな」

「先輩がやらせたんだって！」

「そうか、それはすまん」

「……」

咲太が素直に謝ると、朋絵《ともえ》は不思議そうに顔を覗《のぞ》き込《こ》んできた。変なものを見るような目をしている。言《い》い換《か》えるなら、失礼な目だ。

「やっぱり、今日の先輩、変！」

「やっぱりってなんだよ」

「オーダーの打ちミスしてたし、料理運ぶテーブル間《ま》違《ちが》えてたし、お皿も落としてたじゃん」

「古賀は僕《ぼく》のストーカーか」

「先輩って普段《ふだん》は全然ミスしないから、目立ってたの！」

ぶつぶつと、「べ、別に、先輩ばっか見てたわけじゃないし」と朋絵がまた膨《ふく》れている。

「ま、僕はできる男だからな」

完全に聞き流しているのか、朋絵からの反応はない。感想も、意見も、文句も、苦情も飛んでこなかった。それはそれで寂しいものがある。

「桜島《さくらじま》先輩と、ケンカしたんでしょ」

「お前はなんでうれしそうなんだよ」

朋絵の両方のほっぺたを摘《つま》んで引っ張る。

「いたい、いたい、いたい！」

後ろに下がって、朋絵が逃《に》げる。

「顔、伸びるじゃん！」

「言っとくが麻衣《まい》さんは関係ない。このあと、休憩《きゅうけい》時間に父親と会うってだけだ」

バイトのシフトは変更《へんこう》できそうになかったので、休憩の一時間を使って、咲太は父親と会う約束をしたのだ。終わりの時間がはっきりしているのは、正直、好都合だった。

「え!?　桜島先輩の!?」

「麻衣さんは関係ないって言っただろ。自分のだ」

「あ、そか」

すぐに理解した朋絵《ともえ》は、曖昧《あいまい》に言葉を濁《にご》していた。瞬時《しゅんじ》に空気を読んで、咲太《さくた》の立場をわかってくれたのだと思う。朋絵は、咲太が妹のかえでとふたりで暮らしているのを知っている。いじめの件や、母親が疲《つか》れてしまったことなども大まかには話したことがあった。

「先輩《せんぱい》、ごめん……」

朋絵がしおらしい声を出す。

「なんで古賀《こが》が謝るんだよ」

「だって」

「さっきまで怒《おこ》ってたのは古賀の方だろ」

「あ、そうだ。ビールのタンク！」

「はいよ」

ビールサーバーの脇《わき》に移動《いどう》して、咲太はタンクの取っ手を片方握《にぎ》った。もう一方をあとから朋絵が小さな手で摑《つか》む。

「先輩、いくよ」

「おう」

「さんのーがーはいっ」

「は？」

「うわっ！」

ひとりで持ち上げようとした朋絵がタンクの重さに負けてつんのめる。

「先輩、ちゃんと持ってよぉ」

朋絵は、咲太を上目遣《うわめづか》いに睨《にら》んで憤慨《ふんがい》している。

「ここで、フェイントとかいらないから」

「いや、古賀が変な呪文《じゅもん》を唱えたからだろ」

「先輩、なに言ってんの？」

真面目にわかっていない顔を朋絵はしている。だが、確かに咲太の耳には聞こえた。

「さんのーがどうとか」

「さんのーがーはいっでしょ」

それがどうかしたのかという目で朋絵が見てくる。

「だから、なんだそれ」

「え？」

噛《か》み合《あ》っていないことが、ようやく朋絵にも伝わったようだ。

恐《おそ》らく意味的には、「せーの」や「いっせーの、せっ」のような言葉なのだと思う。

「あ、あれ？　もしかして、東京じゃ言わない？」

「神奈川でも言わないな」

たぶん、埼玉でも、千葉でも、茨城でも、栃木でも、群馬でも言わないはずだ。

「嘘《うそ》、どうしよ！　あたし、こないだ、奈々《なな》ちゃんと掃除《そうじ》当番のとき、言ったかも⁉　ううん、絶対に言った！」

どうしよう、どうしようと連呼しながら、朋絵《ともえ》が頭を抱《かか》えている。学校の友達の前では、朋絵は福岡出身であることを隠《かく》しているのだ。

「お前、時々、ボロ出てるから、もう『奈々ちゃん』もわかってるって」

「その方が問題じゃん！」

「わかった上で、古賀《こが》の意思を尊重して黙《だま》っててくれるなんていい友達だな」

「それじゃあ、あたしがかわいそうな子じゃん！　うっ、明日からどんな顔で学校行けばいいんだろ……」

「そのかわいい顔で行けばいいんじゃね」

「先輩《せんぱい》、うるさい！」

「ほら、古賀そっち持て」

「あ、うん」

もう一度タンクの取っ手を摑《つか》む。朋絵も素直に従《したが》った。

「んじゃ、いくぞ。さんのーがーはいっ」

「先輩、まじむかつく！」

今度こそタンクは無事に持ち上がり、無事ビールサーバーに接続された。夜の宴《うたげ》もこれで安心だ。

「しかし、まー、古賀としゃべってると元気出るなあ」

「棒読《ぼうよ》みで言うなー。先輩、ばりむかー」

実際のところ、朋絵のおかげで元気が出たのは本当だった。休憩《きゅうけい》時間になるまで、余計なことを考えずにバイトができたし、休憩時間になっても、そわそわした気分にはならなかった。

三時半ぴったりに、タイムカードに休憩開始を打刻する。

咲太《さくた》は休憩スペースで私服に着替《きが》えると、足早にファミレスを出た。

父親と待ち合わせをしているのは、駅の側にある喫茶店《きっさてん》だ。

その店内に咲太が足を踏み入れると、すでに席に座っていた父親と目が合った。軽く手をあげて合図してくる。同時に、咲太のために、ウェイトレスさんを呼んでいた。

テーブルを挟《はさ》んで正面の席に着く。やってきたお姉さんにはアイスコーヒーを注文した。

「飯は？」

「バイト先に戻《もど》ってなんか食う」

「そうか」

メニューを下げてもらったところで、咲太《さくた》は水を飲みつつ改めて父親を視界に入れた。年齢《ねんれい》は今年で四十五歳。眼鏡をかけたいかにも技術職という顔立ち。日曜日なのに、出勤時と変わらないYシャツにネクタイ姿だ。白髪《しらが》がだいぶ増えたように思えた。

「久しぶりだな」

「かな」

咲太の頼《たの》んだアイスコーヒーが運ばれてきた。ウェイトレスのお姉さんが丁寧《ていねい》にコースターをセットして、その上にワインを入れるような形状のグラスを置いた。

その間、父と息子の会話はぴたりと止まる。

「どうぞ、ごゆっくり」

と言って、お姉さんが下がったあとも、しばらく口を開かなかった。

咲太がストローでアイスコーヒーを吸い上げる。父親はコーヒーカップに口をつけた。

「母さんは？」

父親がコーヒーカップを置くのを待って、咲太はそう短く切り出した。

「よくなってきた」

「そっか、よかった」

父親と会うたびに繰《く》り返《かえ》されている会話。具体的にどうよくなっているのかについて父親は語らない。咲太も細かくは聞かないようにしている。それが、ふたりの間の暗黙《あんもく》のルールとなっていた。

「かえではどうしてる？」

「一昨日、僕が家に帰ったら、制服を着てた」

「……」

驚《おどろ》いたように、父親は目を大きく開けていた。

「外に出るのは、まだ難しいけど……なんかこのままじゃいけないんだって気持ちは、かえでも持ってるんだと思う」

「そうか」

「最近、じっとカレンダーを見てるときもあるし」

九月も終わりに近づいてきている。二学期がはじまって、早くも一ヵ月が経過しようとしているのだ。かえではそれを気にしているんだと思う。

「そうか」

決して、聞かされて楽しいだけの内容ではないだろう。それでも、父親が少しやさしい表情になっていたのは、かえでの話を聞けたこと自体がうれしかったからだ。

離《はな》れて暮らすようになって、もう二年が経つ。その間、咲太は父親には定期的に会っているし、母親とも何度か顔を合わせている。だけど、かえではそうじゃない。まったく会っていないのだ。

「……」

「……」

一度会話が途切《とぎ》れると、すぐに次の話題が出てこない。間を埋《う》めるように、お互《たが》いコーヒーに口をつける。

見つめ合っていても仕方がないので、咲太《さくた》はそれとなく喫茶店《きっさてん》の店内を眺《なが》めた。

落ち着いた大人の雰囲気《ふんいき》。咲太ひとりだったら、絶対に入らないお店。実際、客の年齢層《ねんれいそう》は高く、おじさんおばさんが多い。咲太を除《のぞ》けば大人しかいなかった。

一番若くても、隣《となり》のテーブルにいる二十代半ばくらいのカップル。女性の方は、大人っぽいアンニュイなふんわりショートヘア。大きなヘッドフォンを首にかけている。かわいいというよりは、綺麗《きれい》という表現が似合う、ちょっと凛々《りり》しい感じの美人だ。

その正面に座った男性は、髪型《かみがた》も眼鏡も、なんだかきっちりしていて、真面目が服を着て歩いている……という感じがした。実際は、座っているのだが……。シャツの裾《すそ》はきちんとズボンに入っている。

水族館に行った帰りのようで、イルカのショーがよかったと話していた。

「このあと、どうする？」

時計を見ながら、男性がそう尋《たず》ねる。まだ時間があると言いたいのだろう。

「弟がさ……この前、実家に彼女を連れてきたんだって」

メニューを見るふりをしながら、女性の方はそんなことを言った。それが遠回しの催促《さいそく》であることは、隣のテーブルにいる咲太でもわかる。

「あ、いや、でも……」

「……」

「それは、まだ早いと言うか……」

「私たち、高校生のときから付き合ってるのに……？」

「だから、ご両親に挨拶《あいさつ》となると、俺《おれ》はその前に、君に言っておかないといけないことがあると言うか……」

気まずそうに、眼鏡の位置を直す。

「……それって」

「もっと別の場所でと思ったんだが……俺と結婚してほしい」

「っ！」

ヘッドフォンの女性は、顔を真っ赤にして俯《うつむ》く。メニューで顔を隠《かく》していた。でも、殆《ほとん》ど間を空けずに、

「いいよ」

と、小声で返事をした。

それからすぐに、そのカップルは席を立つと、会計を済ませて店から出て行った。向かい合

わせで座っているのが、いたたまれなくなったのだろう。あれは確かに間が持たない。

「……」

それにしても、とんでもない場面に遭遇《そうぐう》してしまった。人生初の体験だ。

なんとなく店内の時計を見ると、三時五十分を指していた。咲太《さくた》が店に到着《とうちゃく》してから、ようやく十五分が経過したという状況《じょうきょう》。

「あのさ」

店の外を行き交う人の流れを瞳《ひとみ》に映しながら、咲太は躊躇《ためら》いがちに父親に声をかけた。

「なんだ？」

「親ってどんな気持ち？」

「お前……」

父親が真剣《しんけん》な眼差しで見据《みす》えてくる。

「どこかのお嬢さんになんてことをしたんだ」

「いや、違《ちが》うな！　まだそういうことはしてない！」

変な誤解をされたせいで、思わず取り乱して大声を出してしまった。店内にいた他の客や店員が何事かという視線を向けてくる。

「彼女はできたのか」

そう言われて、墓穴《ぼけつ》を掘《ほ》ったことにも気づかされた。先ほどの言い方だと、そういう相手はいるという意味に聞こえる。

「……いや、まあ」

親とこの手の話をするのは、勘弁《かんべん》してほしい。死にたい気持ちになる。

「落ち着いたら、連れてきなさい。母さんが喜ぶ」

「なんで」

「咲太が産まれたときに、息子の彼女に挨拶《あいさつ》をするのが夢だと言っていたからな」

「迷惑《めいわく》な夢だな……」

息子としては、できるだけ避《さ》けたいイベントだ。先ほどまで隣《となり》のテーブルに座っていた男性のようにはまだなれそうにない。

それに、麻衣《まい》を連れていくとなると、色々な問題が起きそうな気がする。まず信じてもらえるだろうか。ＴＶの企画かなんかと思われそうだ。仮に信じてもらえても、ショックで寝込《ねこ》むかもしれない。

いや、今はそんなことを考えている場合ではない。

「僕《ぼく》が聞いたのはそういう話じゃなくて」

「わかっている。けど、それは咲太が親になったときに知ればいいことだ」

「……僕もいつかなんのかね」

実感などまだ何もない。欠片《かけら》もない。少なくとも今日までの人生で、自分が親になるかもしれないと思ったことはない。想像したことすらなかった。

「ひとつだけ白状すると、咲太《さくた》が産まれて父さんも母さんも大騒《おおさわ》ぎだった」

苦笑いを浮《う》かべる父親を見ていると、そこには複雑な意味が込められているように思えた。

「おむつを替《か》えるだけで大騒ぎだった。どれもはじめてのことだったからな」

「どうせなら、もうちょいましなエピソードにしてくれ」

そんな気はなかったのに、咲太も苦笑いを浮かべていた。

いや、けれど、そんなものなのかもしれない。望んで父親と母親になると決めても、子供を育てるなんて大仕事は、誰《だれ》だって経験してきてはいないのだ。

大人になって、自分でお金を稼《かせ》いで、一端《いっぱし》の生活をしていたとしても、やったことがないことを易々《やすやす》とこなせるようになっているわけではない。

ましてや子育てだ。どんなに準備をしても、不安は拭《ぬぐ》えないまま親になって、いちいち大騒ぎしながら親をやっていくしかないのかもしれない。何が正解かわからないまま、子供と一緒《いっしょ》に親も少しずつ成長していくしかないのかもしれない。

人間、そんなにすぐには変われないのだから。

そういうことを、咲太は父親の短い言葉の中から感じた。

そのあとは、咲太の学校生活のことや進路のことを軽く話した。一応、大学受験はしようと思っていることを伝えると、「学費の方は心配するな」と父親からは言われた。それに、咲太は「むしろ、自分の学力を心配してる」と笑いながら返した。父親も笑っていた。

緩《ゆる》やかに時計の針は進み、それでも、やがて休憩《きゅうけい》時間の終わりは近づいてくる。

「そろそろ、行くか」

と、先に父親が席を立った。咲太の返事を待たずに伝票《でんぴょう》を持ってレジへと向かう。そして、店を出てすぐの場所で別れた。

駅の方へと遠ざかっていく父親の背中を見ながら、

「追いつくのに、三十年かよ」

と、咲太は呟《つぶや》いていた。


父親と別れた咲太は、ファミレスに戻《もど》ると再びウェイターの制服に着替《きが》えて、予定の午後九時まできっちりバイトに励《はげ》んだ。

さすがに、昼からのシフトだとかなり疲労《ひろう》も溜《た》まる。それでも、同じく昼から入っていた朋絵《ともえ》をからかったりして息抜《いきぬ》きができたので、「お先に失礼します」と言って店を出たときには、不思議と体は軽かった。

空はすでに暗いが藤沢《ふじさわ》駅の周辺は煌々《こうこう》と明かりが灯っている。駅の利用者もまだ多く、残り少ない休日の時間を惜しんでいるようだった。

さっさと帰ろうと思い咲太が店の前から歩き出すと、

「咲太《さくた》」

と声をかけられた。

目の前の街灯の下に人影《ひとかげ》がある。立っていたのは麻衣《まい》だ。のどかの姿をしている麻衣。デニムのショートパンツに、肩《かた》の大きく開いたブラウス。一枚下に着ているストライプのタンクトップの肩ひもがちらりと見えている。腰《こし》には太いベルトが斜《なな》めにかかっていて、『豊浜《とよはま》のどか』の細いウエストがより強調されていた。

「麻衣さん、今帰り？」

今日は神奈川のＴＶ局で番組の収録があると聞いていた。咲太が出かけるよりも前に出かけて行ったのだ。

「駅に着いたのは、十分くらい前。そろそろ咲太が出てくると思って」

つまり、わざわざ待っていてくれたらしい。今日に限って言えば理由は明白だ。いつも通りを心がけていたつもりだったが、父親と会う約束をしたことへの意識が、あの電話以降態度に出ていたのだろう。だから、麻衣は真っ先に会いに来てくれた。

「バイト、お疲《つか》れ様《さま》」

「麻衣さんも、収録お疲れ様」

並んで家の方へと歩き出す。トートバッグを持とうかと手を出したが、「今はのどかだからいい」と、わかるような、わからないような理由で断られた。

「TV局で、歌って踊《おど》ってきたの？」

「ううん。バラエティ番組の収録」

「どんな？」

「スタジオ内で、コスプレ障害物《しょうがいぶつ》競争」

「なにそれ？」

「よーいどんでスタートして、途中《とちゅう》でくじを引いて、衣装が指定されるからそれに着替《きが》えて、あとは平均台とか、跳《と》び箱《ばこ》とかクリアしてゴールを目指す競争」

アイドルの仕事も大変だ。

「それ、楽しいの？」

「結構、盛り上がったわよ。一位はリーダーの子に取られちゃったけど」

麻衣の表情に嘘《うそ》はない。楽しかったのは本当のようだ。

「運動会って出たことなかったから新鮮《しんせん》だった」

小学生の頃《ころ》は、子役で忙《いそが》しすぎてそれどころではなかったのだ。たまたまスケジュールが大《だい》丈夫《じょうぶ》だったとしても、学校に友達はいなかったと聞いているので、あまりいい思い出にはならなかった気もする。

「麻衣さんは、何のコスプレしたんですか？」

もっとも気になるのはその点だ。

「バニーガール」

「慣れてるから着替《きが》えるの早そうですね」

実際、麻衣《まい》は二位を獲得《かくとく》したようなので影響《えいきょう》はあったのではないだろうか。

「別に慣れてない」

麻衣が手を伸ばして、咲太《さくた》のおでこを小突《こづ》いてきた。悪戯《いたずら》を咎《とが》めるお姉さんの顔だ。でも、それもすぐに引っ込めて、納得のいかない表情に変わってしまう。

「なんか、しっくりこない」

「人のおでこを小突いてそれ？」

「のどかの身長だと、咲太が大きく感じるの。これだけはどうしても慣れなくて」

長年染みついた自分の体の感覚というのは、そう簡単には抜《ぬ》けないもののようだ。

「あー、麻衣さんでかいもんね」

「……」

お気に召さなかったのか、麻衣が口元をむっとさせている。

「麻衣さん、すらっと背が高い美人さんだもんね」

「調子いいんだから」

咲太が言い直すと、麻衣はもう一度おでこを小突いてきた。機嫌《きげん》はすっかりよくなっている。

「あ～あ、僕《ぼく》も久々に麻衣さんのバニー姿が見たいなあ」

「放送は二週間後だから、それまで我慢《がまん》しなさい」

「バニーの衣装、家にあるのに？」

「のどかの体で着られるわけないでしょ」

「えー、番組では着たのに？　放送するのに？」

「もっと露出《ろしゅつ》の少ないやつだったの。上はベストになってて」

平均年齢《ねんれい》が十六、七歳のアイドルグループであることを考えれば、当然の配慮《はいりょ》かもしれない。

実際、のどかの体で、バニーガールの衣装を着たら色々とまずいことが起きそうだ。下手をすると、するっと胸元が落ちてしまう気がする。

「変なこと考えないの」

「考えたのは麻衣さんのことだって」

「その割には、視線が『のどか』の胸元に集中してたじゃない」

「ごめんなさい」

ばれていたようなので、素直に謝っておく。

「着てもいいけど、体が戻《もど》ってからね」

「ほんと？」

「迷惑《めいわく》かけてるし、ま、着るだけなら」

「あー、でも、お願いを聞いてくれるんなら、別のことがいいなあ」

「それ以上のことはしないわよ」

すかさず麻衣《まい》が牽制《けんせい》してくる。

「普通《ふつう》のことなんだけど」

「本当？」

「本当です」

「じゃあ、聞くだけ聞いてあげる」

どうにも全然信用されていない。それに苦笑いをもらしながら、

「麻衣さんと普通にデートしたいなあ」

と、咲太《さくた》は麻衣に告げた。芸能活動の忙《いそが》しさに加え、デート禁止令まで出されている咲太と麻衣は、普通の恋人らしいデートを全然していないのだ。

麻衣は少し驚《おどろ》いた表情で咲太を見ていたけど、

「ばーか」

と、くすぐったそうに呟《つぶや》いた。その頬《ほお》はわずかに赤い。口元はうれしさ半分、楽しさ半分で笑っていた。

「あ、そうだ」

何かを思い出したように麻衣が声を上げる。

「ん？」

咲太《さくた》の疑問を無視して、トートバッグの中を覗《のぞ》き込《こ》んでいる。手を突《つ》っ込《こ》んだかと思うと、横開きの真っ白い封筒《ふうとう》を取り出した。

「はい」

と、麻衣《まい》が咲太に差し出してきた。

「どうも」

とりあえず、受け取っておく。麻衣がくれるものなら全部もらう覚悟《かくご》だ。

「で、これはなに？」

聞きながら咲太は封筒を開いた。中にはチケットが二枚。ライブのチケットだ。もちろん、『スイートバレット』の単独ライブ。来週の日曜日に予定されているものだ。

「のどかにも渡《わた》しておいて」

「自分で渡せばいいのに」

「あと、のどかのお母さんにも、いつも通り送ってあるって伝えて」

咲太の発言は完全にスルーされている。麻衣にしろ、のどかにしろ、咲太が仲直りを促《うなが》すと、話を聞いてくれなくなるのだ。変なところで似た者同士。

「歌とダンスはちゃんと覚えられたんですか？」

仕方なく咲太は話題を変えた。

「見る？」

意外な提案が麻衣から飛んでくる。

「自分じゃ、出来栄えは評価しづらいし」

言うなり、麻衣は通りかかっていた脇《わき》の公園に入っていく。

一番近くの街灯の下に陣取《じんど》るとトートバッグを下ろした。そのポケットからスマホを取り出す。何やら操作していたかと思うと、巻《ま》き付《つ》けられていたイヤホンのプラグを引《ひ》っこ抜《ぬ》いた。

すぐに、ボリュームを小さく絞《しぼ》った音楽が聴こえてくる。その曲調に乗って、麻衣は全身でリズムを刻んだ。イントロが終わり、夜の公園に麻衣の歌声が響《ひび》く。街灯のスポットライトを浴びて、麻衣は咲太だけにステージを披露《ひろう》してくれた。

あっという間にワンコーラスが終わる。

それを見届けた咲太は、

「やばそうだな」

と、無意識に感想を口にしていた。

ライブは一週間後だ。

第四章

コンプレックスこんぐらっちゅれーしょん

1

「すげえな……」

ライブ会場に足を踏《ふ》み入《い》れるなり、集まったファンの熱気を浴びて、咲太《さくた》の口は自然とそう呟《つぶや》いていた。

オールスタンディングのフロアは、開演十五分前ですでに満員。キャパが二百人のライブハウスは、今か今かと開演を待ち望むファンのざわめきに包まれていた。

場所は若者の街、渋谷《しぶや》。咲太にとっては普段《ふだん》まったく縁《えん》のない街。そこへ、今日はこれまた縁のなかったアイドルの単独ライブを観に来ている。

会場の一番後ろの壁際《かべぎわ》に陣取《じんど》ると、

「人気あんじゃん」

と、隣《となり》にやってきたのどかに声をかけた。麻衣《まい》の姿をしたのどかだ。さすがに『桜島麻衣《さくらじま》』だとばれるのはまずいので、今は帽子を目深に被《かぶ》りマスクもしている。

「今は、これくらいの箱を埋《う》めるのが精一杯《せいいっぱい》」

どこか機嫌《きげん》悪そうにのどかが答える。広さで言えば、教室二部屋分くらいだろうか。物理実験室と同じか、わずかに狭《せま》い程度に感じる。ただ、その分、ステージは手が届きそうなくらいに近い。

これなら、一番後ろからでもアイドルひとりひとりの顔をきちんと視認できそうだ。

「ちなみに、皮肉で言ったんじゃないぞ」

会場に満ちた期待感について咲太は言ったのだ。数の話ではない。別に、数が少ないとも咲太は思わなかったが……。満員というのは、やはり迫力《はくりょく》がある。

「豊浜《とよはま》のお母さんもこの中にいるのか？」

ライブは毎回見に来ていると、前にのどかが話していた。

「たぶん、前の方にいる」

「まじか」

ぎっしり詰《つ》まった前方に足を踏み入れる勇気はない。

「だいたい、あたしの立ち位置が向かって左だから……」

つまり、そっちの方にいると言いたいようだ。じっと目を凝《こ》らしてみたが、さすがに人が多くてのどかの母親は見つけられなかった。

代わりに、ちらほらと他の女性たちが目に留まる。正しくは、女の子。年齢的《ねんれいてき》には咲太と同じくらい。中学生っぽい女子も何人か混ざっていた。

「意外と、女子もいるのな」

もちろん、数としては男の方が圧倒的《あっとうてき》に多い。それでも、全体の二割程度は女子だ。

「づっきーがいるから」

「誰《だれ》だそれ」

「広川卯月《ひろかわうづき》っていう、うちのリーダー。モデルもやってて、女子のファンはだいたいづっきーの応援《おうえん》」

「ふ〜ん」

「みんな、青いTシャツ着てるでしょ」

のどかの言葉通り、女子のファンの約半分は、お揃《そろ》いの青いTシャツを着用している。さらに、青いタオルを首からかけていた。

「で、それが？」

「色で誰推しかわかんの」

言われて、咲太《さくた》は下を向いた。別にへこんだわけではない。自分の服を確認するためだ。

咲太が着ているのは黄色のTシャツ。スイートバレットのロゴが入ったTシャツだ。同じロゴのタオルも持たされている。

デザインは割とシンプルで、知らなければ普通《ふつう》のロゴTシャツに見えるだろう。とは言え、普段《ふだん》は絶対に着ない色のTシャツだったので抵抗《ていこう》はあった。

「着てないと逆に目立つよ」

と、のどかに脅《おど》された結果、渋々従《しぶしぶしたが》うことにしたのだ。

　こうして会場を目の当たりにした今、のどかの言葉に嘘《うそ》はなかったとわかる。色はそれぞれ違《ちが》っても、会場に集まったファンは、みんな同じ格好をしていた。

　のどかはのどかで、薄手《うすで》のパーカーの下に咲太と同じ黄色のTシャツを着込んでいる。

「つまり、黄色は豊浜《とよはま》のカラーか」

「なんで不満そうなわけ？　咲太、お姉ちゃんの応援でしょ」

「ま、そうだけど」

「一度経験すると、意外とはまるかもよ」

「そういうもんかね」

　適当に答えて、再びファンの群れに目を向ける。色で誰推しかわかるというのは、わかりやすい反面、メンバーの人気投票にもなっていて残酷《ざんこく》に思えなくもない。ぱっと見た感じだと、青が一番多い。次に、赤というかピンクだろうか。黄色と緑が拮抗《きっこう》している。つまり、この場におけるのどかの人気は、三、四番目ということだ。

「お姉ちゃんさ……」

「ん？」

「どう、なの？」

「それ、開演数分前に聞くか？」

　あと五分を切っている。

「……」

言い返してはこないが、横目に映したのどかは納得していない顔をしていた。

「歌とダンスは完璧《かんぺき》に覚えたっぽい」

前を向いたまま、咲太《さくた》はそう教えた。

「お姉ちゃんだもん。そんな心配してない」

「なら、聞くなよ」

「うるさい」

「僕《ぼく》はちと心配だけどな」

「え?」

のどかの疑問に被《かぶ》さるように、キーンとマイクのハウリングが走った。ほぼ同時に、会場の照明が消える。一部足元の間接照明だけが残され、周囲は暗闇《くらやみ》に閉ざされた。

それでも、会場からは、「おおっ!」と期待の声が上がる。

少し遅《おく》れて、

——ご来場の皆《みな》さまにお願いがあります
と、落ち着きのあるアナウンスが聞こえてきた。

「づっきー!」

会場から次々に歓声《かんせい》が飛んだ。

どうやら、スイートバレットのメンバーが自らアナウンスをしているようだ。騒《さわ》ぐファンを「今、アナウンス中だから、静かに！」と叱《しか》ったりしながら、ライブ中の諸注意が告げられていく。動画及び写真撮影《さつえい》の禁止といった事柄《ことがら》や、盛り上がりすぎて周囲に迷惑《めいわく》をかけないようにとか、物を投げないとか、お決まりの文句を会場のファンと会話をするような感じで伝えていた。

恐《おそ》らくは毎回の恒例《こうれい》行事なのだろう。ファンとアイドルの息が妙《みょう》に合っている。

——じゃあ、次が最後のお願いです

その言葉を受けて、ファンは一斉に静まり返った。

静寂《せいじゃく》が会場を支配する。その直後、

——一緒に盛り上がろう！

と、メンバー全員の声が揃《そろ》った。それとほぼ同時に、ステージが照明に照らされ、大砲《たいほう》のような巨大なクラッカーが放たれた。キャノン砲《ほう》だ。

大音量の驚《おどろ》きから立ち直ると、真っ暗で何も見えなかったステージ上には、七人のメンバーがいつの間にか立っていた。最初の曲のイントロがノリのよいリズムを刻む。

ギターやドラムの音がしっかりと入ったロック調。スイートバレットの楽曲に多く見られる特徴《とくちょう》だ。麻衣《まい》が毎日のようにライブ映像を確認していたので、咲太の耳にもだいぶ彼女たちの楽曲は馴染《なじ》んでいた。

本格的なバンド演奏の上に、女の子らしさが十分伝わってくる歌声が重なっていく。歌詞の内容は、夢を追う人への応援歌《おうえんか》。ポジティブな詞も手伝って、仕上がりはきちんとアイドルソングになっている。

そんな調子で二曲目、三曲目も縦《たて》ノリ系のアップテンポの曲が続いた。

最初の三曲を歌い上げると、肩《かた》で息をしながら、ステージ上にメンバーが横一列に並んだ。

「こんばんはー！　スイートバレットです！」

七人全員の声が綺麗《きれい》に揃《そろ》う。

ファンからは、「づっきー！」、「やんやん！」、「どかちゃーん！」と、次々に歓声《かんせい》が飛んだ。

それぞれが手を振《ふ》って応えている。

「僕《ぼく》もやった方がいいか？」

「やんなくていい」

隣《となり》で微動《びどう》だにしないのどかに聞くと、どういうわけか睨《にら》まれた。どうやら、茶化していると思われたようだ。咲太《さくた》としては、単にこの場の作法に従《したが》おうと思っただけだったのだが……。せっかく、『豊浜《とよはま》のどか』推しである黄色いTシャツで武装《ぶそう》しているのだし。

「いや～、はじまっちゃったね」

真ん中でマイクを握《にぎ》っているのは、メンバーの中で一番背の高い少女。歌っているときも彼女がメインボーカルを担当していた。

「あの子が、づっきー」

と、のどかが耳元で教えてくれた。モデルもやっているらしいスイートバレットのリーダー。

すらっとした体型は確かにそれっぽい。

「お姉ちゃんの方がかわいいとか思ってんでしょ」

「心を読むな」

麻衣《まい》の方がさらに背が高いし、シルエットは綺麗《きれい》だ。

「てか、づっきー、汗《あせ》すごくない？」

ステージ上ではリーダーの隣にいたショートヘアの女の子がツッコミを入れている。

「アイドル、汗かかないから！」

露骨《ろこつ》に動揺《どうよう》した卯月《うづき》が変な否定をしている。汗を指摘《してき》されて、恥《は》ずかしかったようだ。顔が赤いのは何も歌とダンスの影響《えいきょう》ばかりではなさそうだ。

「いやいや、もうすごいじゃん」

事実、広川《ひろかわ》卯月は滴《したた》るほどに汗をかいている。前髪《まえがみ》はおでこにぺたりと張り付いてしまっている。ただ、それは他のメンバーも似たようなもので、全員額に汗を浮《う》かべていた。最初から全力全開。フルスロットルのパフォーマンスだった。

「づっきー、ライブのあと、いっつもパンツまで汗で……って言ってんじゃん」

そう被《かぶ》せたのは、ステージ向かって左にいる金髪《きんぱつ》の少女……『豊浜《とよはま》のどか』だが、今、その中身は麻衣《まい》だ。

「アイドル、パンツはかないから！」

突然《とつぜん》の暴露《ばくろ》に取り乱した卯月《うづき》は、おかしな返しをしている。すらっとしたモデル体型で、表情も大人びているのに、性格の方は意外と落ち着きがないようだ。

「あたしは、はいてるっつーの」

のどかのふりをしている麻衣が、すかさず反論する。他のメンバーも、「私も」、「私だって」とリーダーを裏切っていく。

「よ、よーし、次の曲！」

無理やりごまかして卯月がMCを打ち切ろうとする。

「いやいや、づっきーはノーパン疑惑を否定しとかないと」

ショートヘアの子は笑いを堪《こら》えるのが大変そうだ。

「はいてるけど、アイドル、汗《あせ》かかない！」

「じゃあ、それは？」

指を差されたのはおでこと一体化した前髪《まえがみ》。

「これは、ほら、なんか汁《しる》が出たの」

真顔の返答。

「これ以上いじると、アイドル的に致命的《ちめいてき》な発言が飛び出しそう」

と、麻衣がぼそっとマイクに声を乗せると会場は大爆笑《だいばくしょう》に包まれた。

「よーし、次！」

サブリーダーっぽいポジションのショートヘアの子が改めて場を仕切った。

メンバーは笑いながら立ち位置を調整する。次の曲の準備。全員がファンに背中を向けた形でぴたりと静止した。

すぐに曲のイントロがはじまる。流れてきたのは、かわいい音色のポップな楽曲。咲太《さくた》が想像するアイドルソングのど真ん中を射抜《いぬ》いている。ロック調でスタイリッシュだった最初の三曲とは雰囲気《ふんいき》がガラッと変わった。

「ＧＯ！」

という、掛《か》け声《ごえ》でメンバー全員が振《ふ》り向《む》いて笑顔でジャンプする。

聞いているとその歌詞は独特で、夢を追う歌でもなければ、友情を歌うものでもない。切ない片思いの歌でもなかった。

七人のメンバーを順番に紹介《しょうかい》していくというもの。「おすまし美人はしゃべると残念！　だ〜れだ」と、会場に問いかけて、「づっきー！」とファンからのコールが飛ぶ。「派手派手メイクは違《ちが》うの、ほんとは真面目な？」という歌詞には、「どかちゃ〜ん！」と会場が一体となった。

ファンたちは歌詞で紹介されるメンバーに合わせて、サイリウムをそれぞれのカラーにチェンジして盛り上げていく。

どうやらライブというのは、見に行くものではなくて、こうやって参加するものらしい。歌の最中に、メンバーはひとりずつ袖《そで》にはけていく。そして、ファンのコールを受けて、新しい衣装に着替《きが》えて飛び出してくる……という演出も曲にマッチしていた。

そんなアイドルとファンの一体感には正直圧倒《あっとう》される。日常の中では味わうことのできない、ものすごいエネルギーを咲太《さくた》は感じた。

大サビの前に全員の紹介《しょうかい》は終了し、揃《そろ》って衣装も着替え終わる。締《し》め括《くく》りはアイドルグループ『スイートバレット』についての歌詞になっていた。

――目指せ、紅白、武道館《ぶどうかん》！

と、ファンの声も重なっていく。まるでフィナーレのような盛り上がり。だが、まだまだライブははじまったばかりだ。

「変わった曲もあるのな」

「どこのアイドルグループにも、似たようなテーマの曲はあるよ」

そんなことも知らないのかという目でのどかに見られた。アイドルの世界には、咲太の知らない常識がたくさんあるようだ。

ステージ上では、次の曲が披露《ひろう》されていた。メンバー全員がバトンを持っている。くるくると舞《ま》うバトンを取り入れたフォーメーションダンスの振《ふ》り付《つ》けは、ブラスバンド隊のような雰《ふん》囲気《いき》がある。

前の楽曲と全然見栄えが違っていて、見ていて飽《あ》きない。

その二コーラス目に入った頃《ころ》、ライブ会場にはあるひとつの空気が生まれていた。少しずつ、ファンの視線がひとりのメンバーに集まっていっている。

主に、ステージ向かって左側にいる金髪《きんぱつ》の少女。『豊浜《とよはま》のどか』として、ステージに立っている麻衣《まい》だ。

他のメンバーがバトンの扱《あつか》いに気を遣《つか》っている中で、麻衣だけはバトンを殆《ほとん》ど見ていない。オールスタンディングのフロアに向けて笑顔を振《ふ》り撒《ま》いている。

動きも軽快で、安定感と安心感がある。ダンスもメリハリが利いていた。止まるべきところではぴたりと止まり、動くべきところでは全身を使って楽曲のイメージを表現している。伸ばした手足はしなやかで、アイドルらしいかわいらしさも忘れてはいない。

全員の足並みを揃《そろ》えたフォーメーションダンスだ。麻衣だけが極端《きょくたん》に目立っているというわけではない。だけど、なんだか気になる。そういうじわじわと来る魅力《みりょく》があった。

——何か違《ちが》う

咲太だけではなく、ファンも同じように感じていたのだと思う。だから、気になって、麻衣から目を離《はな》せなくなっているのだ。

そして、大サビ前のパートで、その違和感《いわかん》を決定づける場面が訪れた。

メインでボーカルを担当していた広川卯月《ひろかわうづき》がバトンのトスに失敗したのだ。

一瞬《いっしゅん》の動揺《どうよう》から、卯月はマイクを口から離《はな》してしまう。ソロパートだったために、ボーカルに空白が生まれそうになる。

だが、麻衣《まい》の歌声が、落下するボールを掬《すく》い上《あ》げるように、歌詞を綺麗《きれい》に繋《つな》いだ。

メンバーは驚《おどろ》きの表情を浮《う》かべ、でも、曲の途中《とちゅう》だから笑顔で歌い続けていた。ファンは一斉に沸《わ》いて、会場は更《さら》なる盛り上がりを見せる。

体勢を立て直したリーダーに目配せをして、麻衣が卯月にボーカルを引《ひ》き渡《わた》す。ひとつのハプニングから生まれたファインプレーは、ライブ会場に興奮と歓喜《かんき》をもたらした。

咲太《さくた》の隣《となり》にいる本物ののどかは、恍惚《こうこつ》とした表情でステージ上の麻衣を見つめていた。マスクの下で口が動く。何を言ったのかは大音響《だいおんきょう》の中では聞き取れなかった。それでも、何を呟《つぶや》いたのかはわかった。

「お姉ちゃん、すごい……」

と、無意識にのどかは言ったのだ。少なくとも、純粋《じゅんすい》な憧《あこが》れを宿したのどかの瞳《ひとみ》はそう語っていた。

しっとりとしたバラード、バンド曲に、テクノポップと、ジャンルを問わずに披露《ひろう》される楽曲とそれに合わせたパフォーマンスに、ライブは最後の最後まで大盛況《だいせいきょう》だった。

あっという間に二時間が経過して、フィナーレを迎《むか》える。

すべてを出し切ったステージ上のメンバーは全員汗《あせ》だくだ。呼吸も激しく乱れている。それでも笑顔を絶やさずに横一列に並ぶと、隣《となり》のメンバー同士で手を繋《つな》いだ。

「ありがとうございました！」

ファンに向かって深々と頭を下げる。

顔を上げると、全員が晴れやかな表情をしていた。満ち足りたという、本当に気持ちのいい笑顔だった。

「どう？」

のどかが短い言葉で感想を聞いてくる。

「ま、アイドルに熱狂《ねっきょう》する人がいるのもわかる気はした」

それは紛《まぎ》れもなく咲太《さくた》の本心だ。一回のライブが、こんなにも一生懸命《けんめい》なものだとは知らなかった。燃《も》え尽《つ》きるまでやり切ったという印象だ。

「なにそれ、意外」

「どこがだよ」

「咲太って生き方が無気力じゃん」

心外な発言だが、強く否定できる気もしない。

「がんばるとか、ダサいって思ってるのかと思ってた」

「他人の努力を笑うようになったら人間終わりだろ」

「それも意外」

どこか機嫌《きげん》よさそうにのどかが目で笑う。

「でも、そういう気持ちがあるなら、なんかすればいいのに」

「なんかって？」

「部活で全国大会目指すとか。そうすれば、その眠《ねむ》たい顔も少しはましになるんじゃない？」

「二年の二学期にもなって、今から部活に入るとか、心臓強すぎるだろ」

すでにできあがっているコミュニティの中になど、死んでも入りたくない。迷惑《めいわく》がられるだけだ。それに、咲太としては、別に眠たい顔でも構わない。

「そんなの気にする神経ないじゃん」

「あるっての。それに、努力してることなら、僕《ぼく》にだってある」

「嘘《うそ》ばっか」

「飯の用意とか、部屋、風呂《ふろ》、トイレの掃除《そうじ》とか、ゴミ出しとか、洗濯《せんたく》とか色々あるんだよ」

「あたしが言ってんの、そういうのじゃないし」

のどかが呆《あき》れた目を向けてくる。気にせずに咲太は続けた。

「なんだよ、ファンの声援《せいえん》もないのに、毎日家事全般《ぜんぱん》をがんばってる僕はがんばってないって言うのか？」

「てか、それお母さんじゃん」

「そうだよ。世の中のお母さんはすげえって話を僕《ぼく》はしてんだし」

「してないっつーの！　はあ……もういい」

怒《おこ》ったのか、のどかはふんっと鼻を鳴らして正面に向き直った。

ステージ上では、メンバーたちが手を振《ふ》りながら舞台袖《ぶたいそで》へとはけていくところだった。

結局、最後の最後まで麻衣《まい》とは目が合わなかった。恐《おそ》らく、麻衣は咲太《さくた》とのどかに気づいている。チケットをくれたのは麻衣なのだし、一番後ろの壁際《かべぎわ》は、ちょっとだけ前にスペースが空いているので、ステージの上からだと、咲太とのどかの立ち位置は結構目立っていると思う。

それでも、目が合わなかったのは、麻衣がのどかとして振《ふ》る舞《ま》っていたからだ。態度が徹底《てってい》している。『豊浜《とよはま》のどかになりきる』という『桜島《さくらじま》麻衣の演技』には、まったくと言っていいほど隙《すき》がなかった。完璧《かんぺき》だった。

ただ、一点を除《のぞ》いては……。

昨日、咲太が心配したように、麻衣は『豊浜のどか』本人以上のパフォーマンスを発揮《はっき》してしまっていた。

ステージからメンバーが完全にいなくなると、会場からはすかさず「アンコール」の合唱がはじまる。二百人ともなると声にも圧力があった。

一分ほど、「アンコール」が続いたところで、ラフなTシャツ姿に着替《きが》えたメンバーたちが元気いっぱいに駆《か》け出《だ》してきた。

全員の手にはマイクが握《にぎ》られている。だが、歌い出す雰囲気《ふんいき》ではない。

「ごめんなさい。今日はアンコールできません！」

真ん中に立った卯月《うづき》がきっぱりと断りを入れる。これは普通《ふつう》のことなのだろうか。会場からは「えー」と不満の声が上がる。それに、にやりと笑ったあとで、

「なぜなら〜！」

と、メンバー全員が揃《そろ》って会場に声をかける。

「おおっ！」

ファンのどよめきに空気が震動《しんどう》する。期待を含《ふく》んだどよめきだ。

「今日は、スイートバレット恒例《こうれい》の！　次回シングル曲のセンターを発表するからだ〜！」

高らかに、卯月が宣言をすると、さらに会場のボルテージは上がった。歓声《かんせい》と拍手《はくしゅ》の嵐《あらし》。あとは、メンバーの名前を呼ぶ声が飛び交う。

そんな中、ポーカーフェイスの女性が舞台袖から出てきた。スタッフのジャンパーを着ているので関係者なのだろう。彼女は、卯月に白い封筒《ふうとう》を渡《わた》すと、さっさとステージからいなくなる。

「私が発表を任されたということは、もう私はなしってことじゃーん」

卯月が大げさにガックリとうな垂れる。

「まさかの自分発表もあるかもよ、づっきー！」

と、ショートヘアの子が励《はげ》ましていた。よしよしと頭を撫《な》でている。彼女がグループの精神的な支柱のようだ。

「では、いきますか〜」

立ち直った卯月《うづき》が、仕切り直す。隣《となり》のメンバーにマイクを預けると、封筒《ふうとう》から二つ折りにされた一枚の紙を取り出した。それを自分の手のひらの中で開いて、まずはちらっとだけ確認する。

「んん？」

と、首を捻《ひね》って考え込んでいた。再び、覗《のぞ》き込《こ》むと、今度は「おおうっ」とわざとらしい驚《おどろ》きを示す。

「えー、なになに、超こわいんだけど」

「あ〜、づっきー、早く！」

「おおうってどういうことよぉ」

不安と期待をメンバーたちが口々に言っていた。

「発表します！」

卯月に言われて、全員の背筋がぴんと伸びる。目を閉じてそれぞれに拝《おが》んだり祈ったりしていた。麻衣《まい》も組んだ手をおでこにひっつけて祈っている。前にライブの映像で確認したのどかのポーズだ。

「次回シングル曲のセンターは！」

一度言葉を区切った卯月が大きく息を吸い込む。

「どかちゃんだー！」

しーんとした会場に、その声は静かに響《ひび》いた。

一瞬《いっしゅん》の静寂《せいじゃく》。

メンバーも、ファンも、反応が遅《おく》れた。はじめてのことだったから、どう反応すればいいのかがわからなかったのだろう。

けれど、すぐに「おおっ！」とどよめきが沸《わ》き、言葉にならない歓声《かんせい》と、祝福の拍手《はくしゅ》に会場は支配されていく。のどか推しのファンが掲《かか》げた黄色のサイリウムにファン全員が同調していった。気が付くと、黄色の光で会場が埋《う》め尽《つ》くされている。

ステージ上では、初のセンター曲をもらった『豊浜《とよはま》のどか』が、全メンバーから抱《だ》きつかれて、おめでとうを言われていた。

「今回はみんなも納得だよね。今日、どかちゃんすごかったもん。バトンのミス、本当に助かりました。ありがたや～」

「てか、最近、どかちゃん、なんかすごいのよ」

揃《そろ》って、メンバーが「ほんとほんと」、「すごいすごい」と繰《く》り返《かえ》している。

それも一巡《いちじゅん》したところで、次回シングル曲のセンターに選ばれた『豊浜《とよはま》のどか』が「がんばります！」という趣旨《しゅし》の抱負《ほうふ》を語って、今度こそお別れの時間がやってきた。

「というわけで、本日はありがとうございました！」

再び横一列に並んだ七人のメンバーが深々とお辞儀《じぎ》をする。そのまま、勢いよく幕が下り、ライブは終了となった。

それでも、会場には冷めない熱気が残っていた。

係員の誘導《ゆうどう》に従《したが》って、順番に出口へと流されていく。ロビーに出ると、長い行列ができているのが目に留まった。スイートバレットのファンたちが作る列だ。

「これ、なに待ち？」

咲太《さくた》が疑問を口にすると、

「あれ」

と、のどかが出口に向かう通路を指差した。

細長いテーブルをひとつ挟《はさ》んで、スイートバレットのメンバーが帰っていくファンをお見送りしている。片手を上げての連続ハイタッチだ。

「咲太も行ってくれば？」

「麻衣《まい》さんに他人のふりされんのわかってて、誰《だれ》が行くか」

どんな事情であれ、それはそれで悲しいものがある。想像するのも嫌《いや》な感じだ。

一瞬《いっしゅん》のチャンスに、ファンは推しのメンバーに直接声をかけている。「がんばってください」、「応援《おうえん》してます」、「好きです」と。

そのファンの列の中に、咲太は見覚えのある人物を見つけた。スイートバレットのファン層から外れた年配の女性。のどかのお母さんだ。

「よかった、よかったね」

と、娘の手を取り、何度も何度も頷《うなず》いていた。目の端《はし》に光るものが溜《た》まっている。

「よかった、ほんとによかった。がんばったわね」

その横顔には、喜びとともに安堵《あんど》の気持ちが浮《う》かんでいた。

誘導《ゆうどう》の人に声をかけられると、のどかのお母さんは、周囲のファンやスタッフに「ごめんなさい」と謝って、出口の方へと流れていく。その姿はすぐに見えなくなった。

それとは対照的に、のどかの足はぴたりと止まる。

じっと、母親が消えた方を見据《みす》えて固まっていた。

「笑ってた……お母さん……」

微《かす》かに動いた唇《くちびる》は、乾《かわ》いた声をもらす。

「そりゃあ、笑うことだってあるだろ」

「……ないよ」

どこまでも冷たくて、淡々《たんたん》とした否定。のどかの顔からは、一瞬《いっしゅん》にして表情が失われている。

「あたしの前では、あんな顔したことない」

握《にぎ》った拳《こぶし》は小刻みに震《ふる》えていた。

けど、それもすぐに止まった。咲太《さくた》がかける言葉を探しているうちに止まっていた。まるで、何かを諦《あきら》めたかのように、のどかの体からふっと力が抜《ぬ》けたのだ。

「結局、そうなんだ……」

のどかの口から零《こぼ》れた軋《きし》んだ声音は、何かの音に似ていた。

「お母さんは、そうなんだ……」

薄《うす》く張った氷の膜《まく》に、亀裂《きれつ》が入る音だ。

「お姉ちゃんなんだ……」

その音がさらに大きくなる。

「やっぱり、お母さんは、お姉ちゃんがよかったんだ……」

のどかの決定的な一言で、心の水面に張られていた薄氷《はくひょう》はあっさりと砕《くだ》け散《ち》った。瞳《ひとみ》から意思の光が消えていく。のどかの存在は深い心の闇《やみ》へと沈んでいく。

ライブ終わりの冷めやらぬ興奮の中で、のどかだけが仄暗《ほのぐら》い心の底まで沈んでいった。

2

ライブの帰り道は、あの盛り上がりが夢だったのではないかと思えるほどに静かだった。興奮の熱がすっかり冷めて、体のどこを探しても余熱すら残っていない。

のどかは最初から何もなかったかのように、心を空っぽにして電車のドア口に立っていた。見ているだけでも心の渇《かわ》きが伝わってくる。その瞳《ひとみ》は何も映してはおらず、本当の無表情とはこういうのを言うのだろう。

混雑した電車内は、沈黙《ちんもく》を守るには好都合で、目を合わせようとしないのどかの態度を、咲《さく》太《た》は黙《だま》って尊重した。

渋谷《しぶや》から藤沢《ふじさわ》までの約四十五分間、結局、一言も口を利かなかった。

「豊浜《とよはま》」

駅に着いたところで、のどかの腕《うで》を軽く引いてホームに降りた。放っておいたら、そのまま電車に乗り続けて、どこまでも行ってしまいそうな気配だった。

人の流れに身を任せて改札口を出る。

咲太の足は自然と駅の北側出口へと向いた。家に帰るなら家電量販店《りょうはんてん》が見えるそちらへ出た方が早いのだ。

だが、歩き出そうとする前に立ち止まった。後ろにあったのどかの気配が消えていることに気づいたのだ。

怪訝《けげん》に思いながら振《ふ》り返《かえ》る。のどかは南側の出口へ歩き出していた。その先には連絡《れんらく》通路があり、渡《わた》った向こう側は小田《おだ》急《きゅう》百貨店だ。それと江《え》ノ電藤沢《でんふじさわ》駅。

「世話の焼ける」

ふらふらと歩いているのどかを追いかけて、咲太《さくた》は腕《うで》を摑《つか》んだ。

「家はあっち」

視線で後ろを示すが、のどかは下を向いたままだ。咲太を見ようともしない。それどころか、声が聞こえているのかも疑問だった。殆《ほとん》ど反応がない。

「……帰りたくない」

こもった声で、のどかが呟《つぶや》く。生気も、覇《は》気《き》も、元気もない。本当に心が空っぽになっている感じ。

「……海行きたい」

次の電車の発車時刻を知らせる電光掲示《けいじ》板《ばん》に目を向ける。その横に並んだ時計の針は、夜の九時を少し回っていた。ものすごく遅《おそ》い時間ではないが、これから海に遊びに行くような時間でもない。

「……」

とは言え、抜《ぬ》け殻《がら》のようになっているのどかを放っておくわけにもいかない。無理やり連れて帰っても、ふらふらと勝手に出かけてしまうかもしれない。そうなっては、色々と面倒《めんどう》だ。

「わかった。少しだけな」

のどかの腕を離《はな》すと、咲太は江ノ電の藤沢駅へと足を向けた。

海を見るのなら、江《え》ノ島《しま》駅で降りてもよかった。海水浴シーズンは終わってしまったが、海はどの季節にだって行けばある。江の島にかかる弁天橋《べんてんばし》の上からの眺《なが》めだって最高だ。けど、咲太は電車を降りなかった。

二駅先の鎌倉《かまくら》高校前駅からも海はよく見える。駅のホームから広がる大パノラマは、この路線随一《ずいいち》の景色だ。けど、咲太は降りようと思わなかった。

海沿いを走る電車だ。海辺へ出るのに、便利な駅は他にもいくつか思《おも》い浮《う》かぶ。それでも、咲太がのどかと降りたのは、最も使い慣れた七里《しちり》ヶ浜《がはま》駅だった。

峰《みね》ヶ原《がはら》高校に通うために毎日乗り降りする小さな駅。

海までの所要時間は二、三分といったところだろうか。駅を出て、南に目を向ければそこに海はある。

緩《ゆる》やかな坂を下ると、ぽつんと立ったコンビニの前で赤信号に捉《つか》まる。国道134号線の信号。いつも長く待たされるのだが、今日はすぐに変わった。

道路を渡《わた》った正面にある階段から砂浜に下りた。

九月も残すところあと二日。日が暮れると途端《とたん》に気温が下がる。海辺には、長袖《ながそで》が恋しくなる少し冷たい風が吹いていた。

のどかを気にしながら、咲太《さくた》はゆっくりと波打ち際に近づいた。

黒くて深い色をした夜の海。

月の光を浴びてもなお、吸い込まれそうな深遠をはらんでいる。

ぎりぎり波が届かないところで咲太は立ち止まった。だが、少し後ろをついてきていたのどかの足音は止まらない。咲太の横をすり抜《ぬ》けて、濡《ぬ》れるのも気にせずに、靴《くつ》のまま海へと入っていく。

「おい」

声をかけたが、のどかは立ち止まらなかった。海は徐々《じょじょ》に深くなり、膝《ひざ》の辺りまで水に浸《つ》かっている。

「お前な！」

さすがに様子がおかしいのはすぐにわかった。

なおも、のどかは暗い夜の海を進んでいくのだ。

砂を蹴《け》って咲太も海に駆《か》け込《こ》む。水しぶきを上げながら、のどかを追いかけた。

「待てって！」

波のうねりに声が消されていく。

なんとか追いついたときには、もう胸の高さまでが海の中だった。押《お》し寄《よ》せる波の動きで体が上下に揺《ゆ》さぶられる。

「豊浜《とよはま》！」

肩《かた》を掴《つか》んでのどかを止めた。

「はなして！」

それを振《ふ》り切《き》ろうと、のどかが暴れる。

「お前、なにしてんだよ！」

底から込み上げるような波の音に負けまいと、咲太の声は自然と大きくなった。

「あたしは、もういい！」

「はあ？」

「もういいんだよ！」

「いいわけあるか！」

「はなして！　はなせよ、バカ！」

「バカはどっちだ！　やばっ！」

突然《とつぜん》、目の前に黒い塊《かたまり》が見えた。それが波だと気づいたときにはもう遅《おそ》かった。逃《に》げ場《ば》もなくて、頭まで波に呑《の》み込《こ》まれる。一瞬《いっしゅん》、視界が真っ黒に塗《ぬ》り潰《つぶ》された。

「ぷはっ！」

顔を上げると、さっきまでそこにいたはずののどかの姿が消えている。波でバランスを崩《くず》して、海に沈んだのだ。

「おいっ！」

「げほっ、えほっ！」

慌《あわ》てて顔を出したのどかが激しくむせ返る。海水を飲んでしまったらしい。

「い、いや！　やだ！」

ばしゃばしゃとのどかが暴れ出した。真っ直ぐ立てば足は着く深さだが、一度、海に体が引き込まれた恐怖《きょうふ》でパニックになっている。

「いや、いや！」

体を浮《う》かそうともがいて、のどかが水しぶきを上げる。沈んでいくのどかの体を、咲太《さくた》は後ろから抱《かか》えて海から引っ張り出した。

「大丈夫《だいじょうぶ》だ、落ち着け！」

「やだ！　もうやだ！　やだ！」

海の底を蹴《け》って砂浜の方へ移動《いどう》する。頼《たよ》りになるのは、国道１３４号線を走る車のライトだ。咲太も一度頭から波を被《かぶ》ったせいで、一瞬《いっしゅん》前後を見失っていた。どっちが陸地なのかがわからなくなる。夜の海の恐《おそ》ろしさだ。

「やだ……もう、やだ！　はなして……」

「んなことできるか！」

「もうほっといてよ！」

「だから、んなことできないって言ってんだろうが！」

「あんたには、関係ないじゃん！」

「だったら、こんな卑怯《ひきょう》なやり方で僕《ぼく》を試すな！」

波の音に負けないように声を張るしかなかった。

「こんなやり方で、自分の価値を試すなよ！」

「っ⁉」

「助けてもらう前提で海になんて入んな、バカ！」

なんとか、膝《ひざ》の深さまで戻《もど》ってくることができた。すっかり、咲太の息も上がっている。

「うるさい……うるさい！」

顔をくしゃくしゃにしてのどかが睨《にら》んでくる。

「咲太はお姉ちゃんの体が大事なだけでしょ！」

「そうだよ」

否定しても信じないと思ったので、咲太は素直に認めた。それもまた事実ではある。

「バカにすんな！」

「だいたい、毎日飯の世話をさせておいて、関係ないってことはないだろ」

「はなして……はなせ！」

咲太《さくた》の両手は、今ものどかの両手首をしっかりと摑《つか》んでいた。ぶんぶんと振《ふ》り回《まわ》しても離《はな》れない。離さない。

「っ⁉」

「やだよ。豊浜《とよはま》になんかあったら、麻衣《まい》さんが悲しむ」

「はなせって！」

のどかが息を吞《の》む。暴れるのをやめて、ぴたりと動きを止めた。

「なんだよ……」

俯《うつむ》いてぽつりともらす……。

「なんなんだよ……」

ぼたぼたと涙《なみだ》の滴《しずく》が海に落ちて、混ざっていく。

「結局、お姉ちゃんなんじゃん！　みんなお姉ちゃんがいいんじゃん！　あたしのことなんて、誰《だれ》もいらないんだ！」

湧《わ》き上《あ》がる感情を、ただ真っ直ぐにのどかがぶつけてくる。

「……」

咲太を睨《にら》み付《つ》ける瞳《ひとみ》は、必死に悲しみに抗《あらが》っているように見えた。

「麻衣さんは違《ちが》うって言ったろ。お前に何かあったら絶対に悲しむ。二度も言わせるな」

本当はのどかの母親だって同じはずだ。だが、今はそれを伝えてものどかは聞き入れないと思った。

「そんなの嘘《うそ》だ！」

「嘘じゃない」

「あたしのこと『嫌《きら》い』って言ってたじゃん！」

「そっちが嘘なんだよ」

厳密に言えば、きっとどちらの感情も本当なのだ。複雑に混ざり合っている。

「じゃあ、証拠《しょうこ》は？」

やけになったのどかが子供じみたことを言ってきた。これを言えば、咲太に返す手はないと思ったのだろう。手段は幼稚《ようち》だが、効果は結構大きい。けれど、これに対する答えも、咲太は持っていた。

「わかった。見せてやるよ」

さらっと咲太はのどかに告げた。

「え？」

逆に、のどかの方が困惑《こんわく》を覗《のぞ》かせる。

「証拠を見せてやるって言ったんだ。一緒《いっしょ》に来い」

「ちょっ、ちょっと!」

完全に虚《きょ》を突《つ》かれたらしく、軽く引っ張っただけでものどかはついてきた。

砂浜に上がり、まずは濡《ぬ》れた服を絞《しぼ》れる範囲《はんい》で絞る。髪《かみ》や体はスイートバレットのロゴ入りタオルで拭《ふ》けるだけ拭いた。それが済むと階段を上って国道に出た。

その間、のどかが逃《に》げないように、ずっと手は繋《つな》いでいた。

駅に向かう信号を渡《わた》る。そこで、コンビニの駐車場《ちゅうしゃじょう》から出てこようとしているタクシーに咲太は気が付いた。

元気よく手を上げて合図する。運転席のおじさんと目が合った。街灯に照らされた咲太《さくた》とのどかの状態はぱっと見ただけでもわかっただろう。未だに髪も服も重たく湿《しめ》っているのだ。それでも、タクシーは止まってくれた。

けれど、後部座席の自動ドアはぴくりともしない。逆に、運転席のドアが開いて、おじさんが出てきた。

「ダメだよ。ここは遊泳禁止なんだから」

冗談《じょうだん》とも本気ともつかない感じで言って、トランクを開けている。取り出したのはレジャーシートだ。それを広げて、後部座席に敷《し》いてくれた。

「はい、どうぞ」

と、咲太とのどかを促《うなが》す。なんていい人だろうか。慣れた感じの対応だったので、以前にもずぶ濡れの客を乗せたことがあるのかもしれない。

「ありがとうございます」

丁寧《ていねい》にお礼を言って、咲太は先にのどかを座らせた。隣《となり》に咲太も乗り込む。

「近場で悪いんですけど……」

前置きをしてから、咲太は自宅マンションの位置をおじさんに伝えた。

ウインカーを出してタクシーは走り出す。

最初の信号に捉《つか》まったところで、

「手」

と、のどかが言ってきた。

「ん？」

「もういいじゃん」

のどかの視線は、ふたりの間に落ちている。繋がれたままの咲太とのどかの手。

「逃げる気だろ」

「ここ、車の中」

「突然《とつぜん》、海に突《つ》っ込《こ》んでいくようなやつは信用できない」

「なにそれ」

不満を口にしながらも、手を振《ふ》り払《はら》われるようなことはなかった。軽く握《にぎ》っているだけなので、離《はな》そうと思えばいつでも離せるはずなのに。

　しばらく黙《だま》って外を見ていると、

「あたたかかった」

　と、のどかがふいにもらした。

「僕《ぼく》の手?」

「海だ、バカ」

　気温はすっかり秋の気配になっている。それと比べると、確かに海水はだいぶ温度が高い印象があった。その理由を咲太《さくた》は知っている。前に、理央《りお》に尋《たず》ねたことがあった。

「水は大気より比熱が高いんだよ」

「は?」

「海の話」

　外の景色を見たまま、咲太はそう付け足した。

「比熱って、一グラムあたりの温度を一度上げるのに必要な熱量だっけ?」

「お前、そんなことよく知ってるな」

「先に言ったのそっち」

「ま、そうだけど」

　要するに、水は大気よりも格段に熱しにくく、またそれと同時に冷めにくいという話だ。毎日、温度が大きく変動する大気と違《ちが》い、海は長い時間をかけてゆっくりと温まり、またゆっくりと冷たくなっていく。夏場に太陽を浴びて温度が上昇《じょうしょう》している秋の海が、本当に秋らしい温度になるのは十一月くらいになってから。実際、サーフィンなどのマリンレジャーは十月になっても盛んに行われている。

そのあとは、なんの会話もないまま、タクシーはマンションの前に到着《とうちゃく》した。運転手のおじさんに改めてお礼を言って、湿《しめ》ったお札で料金を支払《しはら》う。

タクシーから降りると、咲太はのどかを連れて、麻衣のマンションの方へ体を向けた。オートロックの総合玄関は預かっている合鍵《あいかぎ》で開ける。

今までは毎回インターフォンを鳴らしていたので、使うのはこれがはじめてだ。

エレベーターで九階に上がる。部屋のドアも咲太が合鍵で開けた。

とりあえず、濡《ぬ》れた靴下《くつした》だけは脱《ぬ》いで部屋に上がる。のどかも、同じように黒タイツだけ脱いでいた。

咲太が真っ直ぐに向かったのは、殆《ほとん》ど使われていない和室。リビングと隣接《りんせつ》していて、間仕切り一枚で仕切られている。

部屋の奥《おく》にぽつんと置かれた戸棚《とだな》の前にのどかを連れていくと、それを開けるように咲太は目で促《うなが》した。

「なに？」

「いいから」

「……」

何もなさそうな普通《ふつう》の戸棚《とだな》。

のどかが恐《おそ》る恐《おそ》るその引き出しを開ける。

中にしまわれていたのはお菓子《かし》の黄色い缶だ。

「……」

再び、のどかが疑問を向けてくる。今度は視線だけで、「なに？」と聞いてきていた。

「開ければわかる」

「ウザい」

文句を言いながら、のどかは鳩《はと》サブレーの缶に手を伸ばした。取り出して畳《たたみ》の上に置く。そして、少し硬《かた》い蓋《ふた》を開けた途端《とたん》、

「……え？」

と、目をぱちくりさせた。

缶の中には、たくさんの封筒《ふうとう》が詰《つ》まっていた。色とりどりの封筒。全体的に子供っぽい柄《がら》のものが多い。

「……」

のどかは無言で、手紙の束《たば》を一枚ずつ確認していた。

宛名《あてな》は全部『桜島麻衣様《さくらじままい》』とある。上の方に置かれていたのは、綺麗《きれい》に書かれた漢字の宛名。だが、遡《さかのぼ》るごとに文字は幼くなり、一番下の手紙は、『さくらじままいさま』とたどたどしい筆跡《ひっせき》で書かれていた。

「これ、あたしが書いた手紙……」

封筒の裏側には、同じ筆跡で、『とよはまのどか』と綴《つづ》られていた。

一体、何通あるのだろう。ぱっと見ただけでも、五十通以上はあると思う。もしかしたら、百通を超えているかもしれない。

「なんで、こんなの……」

のどかが唇《くちびる》を震《ふる》わせる。

「わけわかんない……」

そう言いながらも、本当はわかっているのだと咲太《さくた》は思った。だから、のどかは目の端《はし》に涙《なみだ》を溜《た》めているのだ。

「わけ、わかんない……」

繰《く》り返《かえ》し、のどかが呟《つぶや》く。

それに被《かぶ》せて、玄関の方で小さな物音がした。ドアの開く微《かす》かな音。鍵《かぎ》は閉めたので、入ってこられる人物はここに咲太とのどかがいる以上、あとはひとりしかいない。

のどかは気づいていない様子だった。

「なんで……なんで……」

と、うわ言のように繰《く》り返《かえ》している。自分の中の疑問に翻弄《ほんろう》されている。

「そんなのうれしかったからだろ」

咲太《さくた》も一通の手紙に手を伸ばした。宛名《あてな》がひらがなの手紙。

「なんで……」

すがるようなのどかの目。

「当時は、僕《ぼく》もガキだったから、はっきりとは覚えてないけど……子役時代の麻衣《まい》さんの人気ってすごかったよな」

今も、人気者ではあるが、子役としてブレイクした当時は、いわゆるブームになっていたので、あらゆるＴＶ番組に引っ張りだこになっていた。

ドラマや映画に出演するだけでなく、数多くのＣＭやバラエティ番組にも出ていた。いつも、大人の中に、ぽつんとひとりだけ小さな子供が混ざっている光景というのを、咲太もなんとなく覚えている。

「そういうめまぐるしい状況《じょうきょう》だとさ、自分を励《はげ》ましてくれるものって必要なんじゃないのか？」

「……」

「豊浜《とよはま》はライブのステージに立って、ファンから声援《せいえん》もらってうれしくないのかよ」

「すごいうれしいに決まってんじゃん」

「それと同じだろ。自分のことを、好きでいてくれる人がいるのって、めちゃくちゃうれしいもんな」

咲太が広げた一通の手紙には、幼い頃《ころ》ののどかの想いが詰《つ》まっていた。姉である麻衣への憧《あこが》れで溢《あふ》れていた。出演していたドラマの感想にはじまり、番組の合間に流れたCMのこと、街中で見かけた映画の宣伝ポスターのこと、バラエティ番組の一コーナーのことまで、のどかの手紙には書かれていた。

──どれも、おねえちゃんは、すごくかっこよかったです。じまんのおねえちゃんです

言葉は幼くて、でも、それゆえに純粋《じゅんすい》な気持ちが手紙からは伝わってくる。

「これが励みになんないとか、お前どれだけ麻衣さんの性格が悪いと思ってんだよ」

「だって、あたしは！」

必死にのどかは咲太の言葉を否定しようとしている。それが何のためか、きっと本人はわかっていないだろう。

それでも、感情は正直で、のどかは目にいっぱいの涙《なみだ》を溜《た》めていた。

「あたしは、本当の妹じゃない！」

一度は我慢《がまん》した涙が、頬《ほお》を伝って流れ落ちる。

「なんだそりゃ」

「あんたにはわかんないよ！　書いた当時は、お父さんが再婚だったこととか、お姉ちゃんとはお母さんが違《ちが》うとか、そういうことの意味がわかってなくて……」

「ガキだったんだから仕方ないだろ」

「だから、わかるようになってから、ずっと不安だった……お姉ちゃんは迷惑《めいわく》だったんじゃないかと思うと、もう手紙なんて書けなかったんだよ！」

顔をくしゃくしゃにして、のどかが体を震《ふる》わせていた。

「書けなかった……」

唇《くちびる》をきつく噛《か》んで、弾《はじ》けた感情を抑《おさ》え込《こ》もうとしていた。

ようやく、震えが収まる。

「……」

のどかが何が言った気がした。だが、声が小さすぎて聞き取れなかった。

「ん？」

「むかつく……」

今度は辛《かろ》うじて聞こえた。

「それは、麻《ま》衣《い》さんが？」

「あんたが」

涙《なみだ》を拭《ぬぐ》いながら、きりっとのどかが睨《にら》んでくる。

「なんだそりゃ」

「なんで、あんたの方がお姉ちゃんのことわかってんの？」

「そりゃあ、僕《ぼく》は麻衣さんが大好きだからな」

「そんなのあたしだって」

「……」

「あたしだって……」

けれど、その続きは言葉にならない。

「大嫌《だいきら》いって言うより、よほど簡単だろ」

「う、うるさい！」

「麻衣さんもそう思いますよね？」

リビングに留まっていた気配に向かって、咲太《さくた》はそう声をかけた。

「え？」

気づいていなかったのどかが驚《おどろ》いて顔を上げる。

「そう思うのは、咲太に節操がないからでしょ」

諦《あきら》めた顔で、麻衣が間仕切りの陰《かげ》から姿を見せた。その目はのどかを捉《とら》え、一瞬《いっしゅん》だけ手元の手紙を見ていた。

「勝手に人の宝物を見ないの」

「……なんで、お姉ちゃん」

鼻をすりながら、のどかが問いかける。

麻衣《まい》は静かに敷居《しきい》を跨《また》ぎ、和室に足を踏《ふ》み入《い》れた。

「懐《なつ》かしい……」

手紙の束《たば》を見つめる麻衣はやさしい顔をしている。

「あの頃《ころ》は……なんか目が回りそうだったことだけ覚えてる。母親に言われるまま劇団に入って、朝ドラを切《き》っ掛《か》けにしていきなりブレイクして……ほんと目が回りそうだった」

麻衣の静かな声。

「スタジオからスタジオに移動して、家に帰っても寝《ね》るだけで……帰れない日はホテルにも泊《と》まって、自分が出演した番組を見るヒマもなかった」

小学校も仕事のために休むことが多かったと聞いている。おかげで、友達も作れないまま卒業したのだ。

麻衣はお菓子《かし》の缶の中から手紙の束を摑《つか》んでぱらぱらとめくった。

「だから、自分がどれくらいTVに出てるのかもわからなかった。わからないうちに、世の中の人はみんな私のことを知ってて、気持ち悪いって思ったこともあった。そのせいかな、一時期は、曇《くも》った鏡を見ているような気分で、毎日を過ごしてた。大勢の人から出演作のことを褒《ほ》められたりもしたけど、この人誰《だれ》だろうって……そんなことばっかり考えていたし」

当時のことを思い出して、麻衣がくすりと笑う。

「……」

その麻衣を、のどかは泣きそうな顔で見守っていた。

「そうした芸能生活の中で、のどかだけは違《ちが》ったの。妹だって紹介《しょうかい》されたときは、正直戸惑《とまど》ったけど……何か仕事をするたびに手紙をくれて、『お姉ちゃん、かっこよかった』、『お姉ちゃん、すごい』って言ってくれて……そのたびに、『私ってかっこいいんだ』って勇気をもらえた。のどかが喜んでくれるなら、またがんばろうって思えた」

「あ、あたしは……」

「おかげで、私は仕事をするのが好きになった」

言葉を止めると、麻衣はのどかに向き直った。

「だから、のどか」

「……」

「ありがとね」

「っ!?」

「妹になってくれて、ありがと」

「お姉ちゃん……」

感極まったのどかの目から再び涙《なみだ》が零《こぼ》れ落《お》ちる。

「……ずるい。ずるいよ、お姉ちゃん！」

涙《なみだ》を拭《ぬぐ》おうともしないで、のどかが感情をぶつける。

「今さらそんなこと言っても、もう遅《おそ》い！」

「……」

「あたしだって、がんばろうって思ってたのに！　なんであたしより先にセンター曲もらっちゃうの？　なんで、お姉ちゃんがお母さんに褒《ほ》められてんの!?　信じられない！」

「だって、練習したもの」

さらっと麻衣《まい》が答える。

「毎日、こつこつ練習したの」

さらにダメ押《お》しをする。

「そういうとこだよ！　やらなきゃいけないことを、辛《つら》くても続けないとダメなことを、毎日ちゃんとこなして……できない方が悪いっていう、そういうかっこいいところが大嫌《だいきら》い！」

のどかが言い終えるや否や、ばちんっと乾《かわ》いた音が室内に響《ひび》いた。

麻衣が思い切り頬《ほお》を引《ひ》っ叩《ぱた》いたのだ。

「いってぇ〜」

ただし、引っ叩かれたのは咲太《さくた》の頬だが……。じんじんと熱を持った痛みが確かなものになっていく。

「どうして僕《ぼく》？」

当然の疑問を咲太は麻衣に投げかけた。のどかも驚《おどろ》いたような怯《おび》えたような顔でじっと麻衣を見ている。

「ごめん。なんか甘っちょろいこと言ってたから、つい、かっとなって」

淡々《たんたん》と麻衣が答える。

「だったら、引っ叩く相手が違《ちが》うよね？」

麻衣の苛立《いらだ》ちの対象はのどかだったはずだ。

「明日、ファッション雑誌の撮影《さつえい》でしょ？　跡《あと》が残ったらどうするのよ」

「その考えが働いている時点で、全然、つい、かっとなってないですよね？」

「だから、ごめんって言ったでしょ」

なぜだが、麻衣の方が不満そうだ。

「私のためなんだから、これくらい我慢《がまん》しなさい」

「我慢するので、今度、いっぱい甘えさせてくださいよ」

頬を擦《さす》りながら訴《うった》えておく。

「はいはい」

まだ熱を持ってひりひりしている。相応のご褒美《ほうび》をもらわないと割に合わない。

「そういうとこもだよ……プロ意識高すぎるし、それを普通《ふつう》にやられたら、あたしなんてどうしようもないじゃん！　どうしようも、ないじゃん……」

へなへなとのどかが座り込む。

「あのなあ、麻衣《まい》さんの場合、こうしかできないんだよ」

余計な口を挟《はさ》むなという視線を麻衣から感じたが、咲太《さくた》は気づいていないふりをした。

「麻衣さんのこれは、ただの不器用の一種なんだから気にするな」

「ちょっと咲太」

咎《とが》めるような少しきつい口調。咲太はそれも無視して、のどかに言葉をかけ続けた。

「付き合って間もない彼氏を平気でほったらかしにできる人だぞ？　そのせいで、夏休みなんてどこにも行けなかったしさ」

「な、なによ、咲太」

わずかに動揺《どうよう》した麻衣の声。

「麻衣さんは、ただの仕事バカなんだから」

「人のこと、そんな風に思ってたわけ？」

「だって、はじめて彼女ができて浮《う》かれてる彼氏を、完全に放置ですよ？　普通《ふつう》の神経じゃできないですって」

今度は麻衣に向かって直接不満を訴《うった》える。

「今回は、のどかのことがあったし」

「いやいや、僕《ぼく》が言ってるのは、今までのこと全部含《ふく》めてですよ」

「……仕事のこと応援《おうえん》してくれてるんじゃなかったんだ」

麻衣がむすっとした顔になる。

「限度があります」

「そ、それは、そうかもしれないけど……」

一応、自覚はしているようで、咲太の指摘《してき》に麻衣は珍《めずら》しく引き下がった。

「てか、今は豊浜《とよはま》の話をしてるんで、待っててもらっていいですか？」

そんな咲太と麻衣のやり取りを、のどかはきょとんとした顔で見ていた。

でも、すぐに、

「ぷっ」

と、おかしそうに吹き出す。

「確かに、お姉ちゃん全然完璧《かんぺき》じゃないかも」

そう言ったのどかの目は、咲太と麻衣の間を二往復した。

「だって、男の趣味《しゅみ》悪いし」

のどかがひとりで笑い出す。麻衣が反論してくれるのを期待したのだが、麻衣はそのことについては何も言ってくれなかった。

ただ、少し間を空けたあとで、

「のどか」

と、静かな声で呼びかけただけだった。

「……」

緊張《きんちょう》した面持ちで、のどかが麻衣《まい》を見上げる。口は真っ直ぐ横に結ばれていた。その表情に先ほどまでの笑顔はない。のどかは真剣《しんけん》な眼差しで、麻衣を見つめ返している。

それをやさしく受け止めながら、

「いい加減、母親離《ばな》れをしなさい」

と、麻衣は叱《しか》るような口調でのどかに告げた。

「……え？」

微《かす》かにのどかの喉《のど》が鳴る。

どうして麻衣がそんなことを言ってきたのかが、わかっていない顔だ。

「ライブが終わったあと……ハイタッチの列にお母さんがいたのは見てたわよね？」

「っ⁉　だから、あたしは！」

あの瞬間《しゅんかん》の感情が蘇《よみがえ》ったのか、のどかの声に再度熱が宿る。

「手、震《ふる》えてたのよ」

それとは対照的に、麻衣は穏《おだ》やかだった。

「この手を握《にぎ》ってきたのどかのお母さんの手、震えてた」

麻衣が両手でのどかの手を摑《つか》む。包み込むようにしていた。

「ずっと不安だったんだと思う」

「不安って……」

まだのどかには、麻衣の言いたいことが伝わっていないようだ。

「のどかを芸能界に入れたこと。アイドルのオーディションを受けさせたこともそう。もっと前は、劇団時代にデビューさせようとしたことも」

「なんで……」

「それがのどかの幸せなのか、自信が持てなかったからよ」

「わからない？」

「あたしの……幸せ？」

麻衣の声はやさしい。

「……」

俯《うつむ》いたのどかは首を横に振《ふ》っていた。けど、まったくわかっていないわけではなさそうだった。わかりかけているから答えられないこともある。

「お母さんの期待にばかり応えようとしてくれるのどかを見て、のどか自身は本当に幸せなのか、ずっと不安だったのよ、きっと」

「っ⁉　でも！　そんなのあたし知らない！」

崩《くず》れかけた自分の中の価値観を守ろうとして、のどかは反射的に否定していた。手に持っていた封筒の束がばらばらと畳《たたみ》の上に落ちる。それを拾うこともできずに、のどかは「知らない、知らない」と自らを抱《だ》き締《し》めていた。

「あたしは、何も聞いてない！」

「そりゃあ、子供の前で言えるわけないだろ」

咲太《さくた》は散らばった手紙を一つずつ丁寧《ていねい》に拾って重ねていく。麻衣《まい》の大切な宝物だ。

「子育てが不安だなんて、親が子供に言えるわけがないんだよ」

先日、父親と会ったときに、咲太はなんとなくそのことに気づいた。

「僕《ぼく》は別にいいと思うけどな。他人の期待に応えたいっていうのも、生き方だろうしさ」

それ自体は悪くない。その道を選んだのが自分ならいいのだ。親に責任を押《お》し付《つ》けていなければいいと思う。

「ち、違《ちが》う！」

「あたしは、自分で！」

必死に何かを守ろうと、のどかがまた否定の言葉を口にする。

「……」

「自分で……」

けれど、最終的には自分の言葉に、のどかは気づかされていた。声は小さくなり、勢いは急速にしぼんでしまう。

「だって……あたし……あたしは……いつも、お母さんが怒《おこ》ってるから、喜んでほしかったんだよ！　お姉ちゃんのことばっか言うから、あたしだって褒《ほ》めてほしかったんだよ！　お母さんに笑ってほしかったの！」

絞《しぼ》り出《だ》した想いは、大粒《おおつぶ》の涙《なみだ》と一緒に溢《あふ》れ出《だ》した。ようやくたどり着いたのどかの本音がそこにあった。

「だから、これからはのどかの選んだことで、喜ばせてあげなさい」

「……」

「お母さんに言われたことをするんじゃなくてね」

「うん……うん……うぇえ」

小さな子供のように嗚咽《おえつ》をもらしながらのどかが泣きじゃくる。麻衣はその体を抱《だ》き寄《よ》せると、やさしく背中をさすっていた。

「……ごめん。ごめんなさい、お母さん……」

そうやって、のどかは麻衣の腕《うで》の中でひとしきり泣き続けた。その嗚咽がようやく止まったところで、

「ねえ、お姉ちゃん……」

と、顔を上げる。

「なに？」

「あたし、お姉ちゃんみたいにならなくていいんだよね？」

それは、のどかの母親が望んだのどかの姿だ。

「のどかがなりたいならなってもいいけど」

「なりたくない」

食い気味に、のどかが即答する。一瞬《いっしゅん》、麻衣《まい》の表情が引きつったことに、のどかは気が付かなかったようだ。でも、すぐに麻衣はやさしく笑った。妹の目標になれなかったことを残念に思っている少し寂《さび》しそうな笑み。それは同時に、妹が自らの意思を示したことを喜んでいる姉の笑顔でもあった。

そんな姉妹のやり取りを見守っている最中に、それは唐突《とうとつ》に起こった。

咲太《さくた》が瞬《まばた》きをした瞬間《しゅんかん》だった。

「え？」

コンマ何秒の暗闇《くらやみ》から開けると、目の前の光景が変わっていた。

「あ、あれ？」

「え、なに？」

麻衣とのどかも戸惑《とまど》っている。異変が起きたのは、まさに麻衣とのどかなのだから当然とも言えた。

体が入《い》れ替《か》わっている。いや、そうではない。そうではあるけどそうではないのだ。瞬きの前と後で、『麻衣』と『のどか』の位置が入れ替わっている。先ほどまでは、『豊浜《とよはま》のどか』の体が、『桜島《さくらじま》麻衣』の体を抱《だ》き締《し》めていたのに、今は、麻衣の体がのどかを抱き締めている。

しかも、ややこしいことに服はそのままだ。『桜島麻衣』の体はのどかの服を着ていて、『豊浜のどか』の体はライブに行ったときの服装をしていた。体だけが、見事に入れ替わっているという状況《じょうきょう》。

「戻《もど》ったの？」

「そう、かな？」

麻衣とのどかがお互《たが》いの体をぺたぺたと触《さわ》っていた。かと思うと、ふたりして立ち上がり、洗面所へと駆《か》け出《だ》す。自らを鏡に映して、「戻ってる」、「戻った！」と騒《さわ》いでいた。

遅《おく》れてリビングに出た咲太は、ほっと胸を撫《な》で下《お》ろした。どうやら、やっと入れ替わりの思春期症候群《しょうこうぐん》から解放されたようだ。

何が起こったのかは、今度学校で理央《りお》に聞くとしよう。入れ替わる瞬間を目の当たりにしたが、さっぱり意味がわからなかった。

正直、もう疲《つか》れたので考えるのも面倒《めんどう》くさい。

「ふあ～」

大きなあくびがもれる。その脇《わき》で、スマホの震動音《しんどうおん》が聞こえた。のどかが持ち歩いていた麻衣のバッグのポケットからだ。つまりは、麻衣《まい》のスマホということになる。

ちらりと見えた画面には、『涼子《りょうこ》さん』と出ていた。麻衣のマネージャーの名前だ。

「麻衣さん、電話鳴ってる」

洗面所から戻《もど》ってきた麻衣にスマホを手渡《てわた》す。すぐに麻衣は電話に出ていた。

「お疲《つか》れ様《さま》です、涼子さん。明日のスケジュールですか？」

麻衣が本来の麻衣として動いているのを見るのは一ヵ月ぶりだ。なんだか懐《なつ》かしく感じるし、やっぱり、のどかが演じていた麻衣とは雰囲気《ふんいき》が違《ちが》っていた。自信に満ちている。満《み》ち溢《あふ》れているのだ。

「え？　ちょ！　ほんとですか？　あ、はい。えっと、すみません。ご迷惑《めいわく》をおかけします……はい」

珍《めずら》しく慌《あわ》てた反応。神妙《しんみょう》な面持ちの麻衣からは、何やら不穏《ふおん》な空気が流れてきた。ご迷惑とはどういうことだろうか。何かあったのだろうか。

遅《おく》れて洗面所から出てきたのどかも、心配そうに麻衣を見ている。自分が何かミスをしでかしたのではないかと気が気ではなさそうだ。

「はい。それでは、よろしくお願いします。失礼します」

丁寧《ていねい》に挨拶《あいさつ》をして、麻衣は電話を切った。そのまま、画面に触《ふ》れて何か操作をしている。横から覗《のぞ》き込《こ》んでも文句は言われなかった。

検索ワードは『桜島《さくらじま》麻衣　恋人』だ。

画像データを読み込んでいる最中に、のどかも反対側から画面を見てくる。

そして、ぱっと画面が切《き》り替《か》わった瞬間《しゅんかん》、

「げ」

「あ」

「え？」

と、三者三様の声が重なった。

表示されていたのは、とある写真。咲太《さくた》と麻衣が並んで歩いている写真だ。一枚だけではない。全部で四枚。撮影《さつえい》場所は様々で、駅のホームや帰り道、砂浜などで撮《と》られた写真が並んでいた。

当人だからこそ、どれも最近のものだとわかる。この一ヵ月くらいのもの。つまり、麻衣とのどかの体が入《い》れ替《か》わっていた期間のものだ。

「すでに事務所には、問い合わせの連絡《れんらく》がじゃんじゃん入ってるって」

電話を受けたときとは違い、麻衣はやけに落ち着いていた。むしろ、少し楽しそうにしているのは気のせいだろうか。もしかしたら、これを機にデート禁止令を解除《かいじょ》できるかもしれないとか思っているのかもしれない。

「ご、ごめん。お姉ちゃん……」

逆に、のどかの方が深刻に受け止めてしょんぼりしている。

「どうしよ、あたし、どうしよ？」

「のどかは、どうもしなくていい」

「でも……」

「こんなの大丈夫《だいじょうぶ》だから」

そう言って、麻衣《まい》はのどかの頭にぽんっと手を置いた。

「お姉ちゃんに任せておきなさい」

「……う、うん」

「咲太《さくた》は……その、ごめん」

さすがにばつが悪そうに麻衣が目を伏せる。

「落ち着くまではすごい迷惑《めいわく》かけると思う」

「その分、麻衣さんにいっぱいお願い聞いてもらうからいいですよ」

「わかった。終わったら待望のデートをしてあげる」

そう約束してくれた麻衣は、本当に楽しそうにしか見えなかった。

3

「このたびはお騒《さわ》がせしてます」

ＴＶ画面の中で、麻衣は少し照れたような表情で第一声を発した。

映し出されているのは、芸能活動再開後初となる『桜島麻衣《さくらじま》』主演映画の制作発表会見場の様子だ。

ひげを蓄《たくわ》えた監督《かんとく》を囲むように、出演者やプロデューサーが二列になってスツールに座っている。ベテランから若手まで、全部で十数名が顔を揃《そろ》えていた。

それにもかかわらず、画面には麻衣しか映っていない。

時刻は丁度学校の昼休み。

咲太は物理実験室のＴＶで、麻衣の会見を見守っていた。今回のことに関しては、咲太も無関係ではない。と言うか、当事者のひとりということになる。

チャンネルを変えても、お昼の情報番組はこぞって制作発表会見の生中継《なまちゅうけい》を流していた。

挙手をして権利を得た記者から質問が飛ぶ。映画の内容とは無縁《むえん》のもの。ネットにアップされた画像に端《たん》を発し、週刊誌の発売によって大々的に広まった『桜島麻衣』の恋愛事情についてだ。

どの記者からの質問も、その一点に終始していた。

麻衣《まい》にとっては初のスキャンダル。人気と知名度も手伝って、注目度は抜群《ばつぐん》に高い。ここ数日の芸能ニュースは、麻衣の恋愛スキャンダルに一極集中している。

自宅マンションの前にも、カメラと記者が押《お》しかけており、咲太《さくた》もこそこそと生活する必要があった。麻衣の方は、学校に行ける状態ですらなく、事務所が用意してくれたホテルに退避《たいひ》していた。

こうしてカメラの前に麻衣が現れるのは、恋人発覚後はじめてのこと。画面にちらっと映った範囲《はんい》だけでも、数えきれないほどのカメラが見えた。麻衣の小さな表情の変化も逃《のが》すまいと狙《ねら》いを定めている。

情報番組のMCの話によれば、会見場に入れなかった記者たちも多数いるらしい。

そんな中で、麻衣は寄せられる質問に応じていた。

「お付き合いされているのは本当なんですか？」

「はい、事実です」

少し恥《は》ずかしそうにしながらも、麻衣は事実を真っ直ぐに認めた。

「お相手はどんな方ですか？」

「デリカシーのない男の子ですね」

冗談《じょうだん》を交えながら、麻衣が笑顔を見せる。だが、この余裕《よゆう》は長くは続かなかった。

「お付き合いはいつ頃《ごろ》から？」

「えっと……三ヵ月くらい前になると思います」

「どういった経緯《いきさつ》でお付き合いを？」

「それは、全校生徒の前で告白をされて……その、一度は保留にしたんですけど、それから一ヵ月間、毎日言ってきたので……それで、根負けをしてしまいました」

三つ目の質問で、少し返答を濁《にご》すようになったかと思うと、四つ目の質問では照れた表情で言葉を選ぶようになっていた。

画面越しでも顔が赤くなっているのがわかる。

目線もどこに置こうか迷っている様子だ。

「麻衣さん、だいぶ、お顔の方が赤いようですが？」

質問の順番が来た女性の記者が、どこか楽しそうに指摘《してき》する。

「はじめてできた恋人の話を、こんなに多くのカメラの前でしているんですから……恥ずかしいに決まってるじゃないですか」

口を尖《とが》らせた麻衣が、幼い表情でかわいい反論をしている。それから、暑い、暑いと言って、自分の顔をぱたぱたと扇《あお》いでいた。

「今、『はじめて』とおっしゃいましたが、男性とお付き合いされたことはなかったんですか？」

一瞬《いっしゅん》、麻衣がしまったという顔をした。それでも、すぐに、

「中学生の頃《ころ》から、週刊誌には色々と書かれていたようですけど……こうして、皆《みな》さんにきちんとした話題をご提供できるのは、今回がはじめてのことだったと記憶《きおく》しています」

と、拗《す》ねた感じで記者に答えていた。強がった皮肉を口にすることで、恥《は》ずかしさを必死に押《お》し殺《ころ》そうとしている。演技ではなく本気で恥ずかしいのだろう。

その証拠《しょうこ》に、集まった大人たちは微笑《ほほえ》ましく笑っていた。

普段《ふだん》はとても大人びた雰囲気《ふんいき》を持っている『桜島麻衣《さくらじままい》』。仕事に対しても真摯《しんし》で、共演者や現場のスタッフからも全幅《ぜんぷく》の信頼《しんらい》を寄せられている。けれど、『桜島麻衣』はまだ高校生で、普通《ふつう》に恋だってする女の子なのだと、今さらのようにみんなが思い出したようだ。そういう空気が会見場には生まれていた。

子役時代から画面の中で堂々と役を演じている麻衣しか知らない人々にとっては、とても新《しん》鮮《せん》な光景なのだと思う。

そして、その麻衣の初々しい様子は、『桜島麻衣』を前にして、明らかにかしこまっていた記者たちの態度をやわらかいものへと変化させていた。リラックスしたムードが流れている。

自然と質問もいい意味でくだらないものへと移り変わっていく。

「麻衣さんは、彼のことをなんと呼んでいるんですか？」

「名前をそのまま呼んでいますけど……」

少し声が小さくなっている。濁《にご》した語尾からも、照れが窺《うかが》い知《し》れた。

「呼び捨てに？」

「はい。……あれ？　へ、変ですか？」

周囲の反応を麻衣が気にしている。一般的《いっぱんてき》ではないことをしているのかと、不安になったのかもしれない。進行役の女子アナが「いえ、どこも変じゃありませんよ」と言うと、ようやくほっとした表情を浮《う》かべていた。

その後も、「彼の第一印象をお聞かせください」とか、「動物に例えるとどんな彼氏ですか？」とか、「何か思い出に残っているようなエピソードがあれば」とかいった質問の嵐《あらし》が続いた。それはやむ気配がなく、むしろ、吹《ふ》き荒《あ》れるばかりだ。さすがに、進行役の女子アナも目元に困惑《こんわく》を溜《た》め込《こ》んでいた。それはそうだろう。ここは、あくまでも新作映画の制作発表の場なのだ。

またひとつ質問が終わったところで、

「あの、少しよろしいですか？」

と、麻衣の方から進行役の女子アナに切り出した。

「はい。麻衣さんどうぞ」

マイクを持って席を立った麻衣は、まずは改めて監督《かんとく》や共演者に周囲を騒《さわ》がせたことを丁寧《ていねい》に謝罪した。

「先ほど、プロデューサーは宣伝の手間が省けたと言って喜んでいたから大丈夫《だいじょうぶ》だよ」

ひげの監督《かんとく》がブラックなユーモアを交えて麻衣《まい》の謝罪を受け入れている。

「か、監督、それは麻衣ちゃんに絶対に言わないでって言ったじゃないですか！」

スーツ姿の男性は、監督の暴露《ばくろ》に本気で慌《あわ》てている。

「TVの業界で『絶対言っちゃダメ』は、『絶対言ってくれ』でしょ」

共演者のお笑い芸人がゲラゲラと笑い出す。

「プロデューサーは、終わったあとでお話があります」

麻衣が笑顔で威圧《いあつ》すると、会見場にどっと笑いが起こった。監督も、共演者も、集まった記者たちも笑っている。プロデューサーだけは、嫌《いや》な汗《あせ》をだらだらと流していた。

それが収まったところで、麻衣は多くのカメラに向かって語り出した。

「彼は、私が芸能活動を再開する切《き》っ掛《か》けをくれた人です。本人はそんなことないと思っていると思いますけど、彼と出会わなければ、こうしてまたカメラの前に立たせていただく機会は来なかったと私は思っています」

数ヵ月前の出会いを懐《なつ》かしむかのようなやさしい口調。だが、やはり、カメラの前で咲太《さくた》のことを話すのは恥《は》ずかしいらしく、ずっと顔は赤いままだ。

「今回のことでは、彼の周囲もだいぶ騒《さわ》がしくなってしまって……今は、振《ふ》られるんじゃないかと不安な気持ちでいます」

冗談《じょうだん》だと思ったのか、記者の一角から笑いが起きた。

「半分は冗談ですけど、もう半分は本当ですよ」

わざとらしく怒《おこ》った顔で、麻衣が笑った記者を牽制《けんせい》した。それでまた笑いが起こる。本当にアットホームな空気に包まれていた。

「すでに皆《みな》さんがご存知の通り、彼は芸能界とは無縁《むえん》の一般《いっぱん》の男の子です。私ひとりのプライベートは構いませんが、彼の写真を週刊誌に掲載《けいさい》したり、ネット上にばらまく行為《こうい》は控《ひか》えていただけないでしょうか」

もちろん、週刊誌にはぼかしが入っている。ただ、知っている人が見れば、人も場所もわかるレベルだった。

深刻なのはネットの方で、こちらは完全に無法地帯になっている。恐《おそ》らく、プロの芸能記者ではなく、一般の人たちが面白半分でアップしているのだ。当然のように、ぼかしなどの処理はまったくされていない。素《す》のままがアップされ、拡散《かくさん》していっている。

幸いなのは、殆《ほとん》どがロングショットだということ。咲太個人の顔を正確に識別できるような鮮明《せんめい》な写真は、今のところはまだ見ていない。とは言え、今日にでも新しい写真がまた出てくるかもしれないのでひやひやものだ。出てきたら、咲太は一躍《いちやく》有名人になってしまう。

「今回のことを理由に、本当に振られてしまうと、今後、交際が順調かどうかを皆さんにご報告できなくなってしまうので、ご協力のほどよろしくお願いいたします」

一瞬《いっしゅん》、深刻になりかけた空気を、最後は茶目っ気を含《ふく》んだ笑みで和ませる。見事な着地のさせ方だ。さすが、芸歴十年を超える実力派。

「人の写真を勝手に撮《と》って、ネットにアップするような恥知《はじし》らずはこの国にはいないから大《だい》丈夫《じょうぶ》だろう」

独り言のように、ひげの監督《かんとく》が付け足していた。暗に、今後もネットに咲太《さくた》と麻衣《まい》の写真を上げるような輩《やから》はろくな人間ではないと言っているのだ。

画面の下部分には、視聴者が番組のタグ付けをしたつぶやき系ＳＮＳのメッセージが順次流れていて、

——監督いいこと言った。映画見に行く！

——ほんとそう。自分がやられたらと思うとぞっとする

——ま、でも、桜島《さくらじま》麻衣と付き合うとか超羨《うらや》ましい

——この国のモラルはほんとどこへ行った？

——てか、なにこれ、今日の桜島麻衣、超かわいいんだけど！

などという意見が寄せられていた。タグの使用回数のカウントも、ぐんぐん上がっていっている。

これでは、集まった記者も質問の続きは言い出しにくい。そもそも、殆《ほとん》どのことは聞き終えている。

進行役の女子アナが促《うなが》しても、手をあげるのはひとりだけだった。

咲太の知っている人物。直接会ったこともあるし、話をしたこともある。今、咲太が見ている局の女子アナでもある南条文香《なんじょうふみか》だ。

「彼に、何かメッセージがあれば、お願いできますか？」

文香がマイクに乗せたのはそんな言葉だった。質問ではなく本当にお願いだ。麻衣は、それを悪戯《いたずら》っぽい笑みで受け止めている。

「それは、本人に直接言います」

麻衣は自分の言葉にくすぐったそうに笑っていた。少し恥《は》ずかしそうでもあり、そして、とても幸せそうな印象的な表情だった。

その後、ようやく映画の制作発表会見へと段取りが進む。もう麻衣のスキャンダルに触《ふ》れられることはなさそうだったので、咲太はリモコンでＴＶを消した。

「桜島先輩《せんぱい》はさすがだね」

黙《だま》って一緒《いっしょ》にＴＶを見ていた理央《りお》がそう感想をもらす。

「ほんと、ますます好きになるな」

「そういうのは本人の前で言って」

「よく言ってるよ」

「……桜島先輩はなんて？」

「『はいはい』って流される」

「……」

「麻衣《まい》さんは照れてるんだって」

「梓川《あずさがわ》はめげないね」

自分から聞いてきたくせに、理央《りお》はもう興味を失っている。いや、最初から興味など持っていなかったのだろう。アルコールランプに火をつけると、ビーカーの水を温めはじめた。コーヒーを淹《い》れるようだ。

「そういや、結局、どういうことだったんだと思う？」

「なにが？」

「ふたりの体が入《い》れ替《か》わったのってさ」

「はい、これ」

理央が机の上に差し出してきたのは一冊の本だ。タイトルは『ゴリラでもわかる量子力学の話』とある。

とりあえず、最初のページを開いてみた。よくわからない数式が書いてある。

「ゴリラって賢《かしこ》いんだな」

森に暮らす彼らの賢さについて書かれた本を読みたくなった。

「そもそも、正確に言うのなら、体が入れ替わったわけじゃないでしょ」

できたばかりのインスタントコーヒーを、「ふー、ふー」と理央が吹いて冷まそうとしている。

「ま、そうなるな」

ふたりが元に戻《もど》ったとき、それまで『豊浜《とよはま》のどか』の姿をしていた麻衣は本来の姿に戻り、『桜島《さくらじま》麻衣』の姿をしていたのどかも、のどかに戻ったのだ。コンマ数秒の出来事。一瞬《いっしゅん》の瞬《まばた》きの間にそうなっていた。

「入れ替わっていたのは、見た目ってことか」

「そ」

「それが？」

「『お姉ちゃんのようになりたい』、『ならなきゃいけない』という妹さんの意識が、自らの姿を『桜島麻衣』に変えたってことだろうね」

「だろうねって……それ、どういう理屈《りくつ》だよ」

「原理としては、量子テレポーテーションの一種と捉《とら》えるのが妥当《だとう》かな」

丁度いい温度になったのか、理央がマグカップに口を付けた。インスタントのくせに、いい香《かお》りがする。

「詳《くわ》しくお願いします」

「前に、量子テレポーテーションについては話したでしょ？」

「ああ」

あれは、夏休み中のこと。理央《りお》が思春期症候群《ししゅんきしょうこうぐん》に苛《さいな》まれたときに聞かされたのだ。

量子もつれという量子のとんでもない性質を利用したものだったと記憶《きおく》している。確か、理央を形作る量子の設計図を、別の場所にある量子と同期させることで情報を共有させ、その別の場所で理央を観測することによって、瞬間移動《しゅんかんいどう》を再現させるとか、そんな説明だったはずだ。

話がSF過ぎて、全然ぴんとこなかったが……。

「つまり、桜島先輩《さくらじませんぱい》の妹さんは、桜島先輩の肉体の設計図だけを自分のものにして、自ら観測することで桜島先輩の体を得たんじゃないかと、私は思ってる」

「……」

「納得しろとは言わないけどね。正直、私も信じられないし」

咲太《さくた》の意見など気にせずに、理央は満足そうにコーヒーをすすっていた。

「いや、でも、その仮説って大きな穴がないか？」

「桜島先輩のこと？」

咲太の疑問は予想済みのようだ。

「そうだよ。なんで麻衣《まい》さんの姿まで豊浜《とよはま》になる？」

「そうでないと、世界の辻褄《つじつま》が合わないからだろうね」

「は？」

「妹さんだけ姿が変わったら、この世界には『桜島麻衣』がふたり存在していることになる。本来はひとりしかいないはずなのに」

「だから？」

「だから、整合性を保つために、桜島先輩は妹さんの姿になった」

「それ、夏休みにふたりになった双葉《ふたば》が言うのかよ」

「私のときは、辻褄は合ってたよ」

「そうか？」

「結局、梓川《あずさがわ》は私をふたり同時に見ることはなかったでしょ？」

「まあな」

　一方を目の前にしながら、もう一方と電話で話をしたというのが限界だ。理央の言う通りで、ふたりを横に並べて見てはいない。

「保存則は物理の世界では基礎《きそ》の考え方のひとつ。一方が増えたら、一方は減る。一方が減ったら、一方は増える。そういうルールで世界は動いていると考えれば、妹さんが桜島先輩の姿になった時点で、桜島先輩は妹さんの姿になるしかないと私は思う」

「……」

「これで納得ができないなら、桜島先輩にも、妹さんを羨《うらや》ましいと思う気持ちが少なからずどこかにあったって考えたらいいんじゃないの？」

「その方が、まだしっくり来るな」

完全に納得したわけではないが、これ以上量子云々の話をされてもやっぱり理解できないので、この辺でわかったことにしておいた方がよさそうだ。

ゴリラにもわかるらしい量子力学の本は理央《りお》の方に戻《もど》しておく。すると、それと同時に、予鈴《よれい》が鳴った。あと五分で昼休みは終わり、午後の授業がはじまる。

「しゃーない、教室戻《もど》るか」

椅子《いす》から立ち上がる。

「梓川《あずさがわ》」

すぐに理央に呼び止められた。

「ん？」

「放課後、デートだって言ってたよね」

「ああ」

制作発表会見が終わったあとで、麻衣と鎌倉《かまくら》駅で待ち合わせをしている。それが、どうかしたのだろうか。

「それまでに気づくと思うけど……ズボンのチャックくらい閉めてから行けば？」

指摘《してき》されて下を見る。社会の窓はフルオープン状態だった。

「持つべきものは、これを教えてくれる女友達だよな」

理央は目を合わせてくれない。恥《は》ずかしそうにあらぬ方向を見ている。男子と股間《こかん》の話などしたくはないだろう。

「ばーか、早く行けば？」

チャックを上げてから、咲太《さくた》は物理実験室をあとにした。

その日の放課後、咲太はいつもの帰り道とは逆方向の電車に乗った。

藤沢《ふじさわ》行きではなく、鎌倉行きの電車だ。

目指すのは終点の鎌倉駅。七里《しちり》ヶ《が》浜《はま》駅からだと、稲村《いなむら》ヶ《が》崎《さき》、極楽寺《ごくらくじ》、長谷《はせ》、由比《ゆい》ヶ《が》浜《はま》、和田《わだ》塚《づか》の五駅を間に挟《はさ》み、十五分ほどかかる。

その十五分間がこの日に限っては、やたらと長く感じた。これからデートだからだろうか。

電車はいつにも増してゆっくりとマイペースで走っているように思える。停車駅も増えているんじゃないかと疑いたくなった。もちろん、そんなわけはないが……。

和田塚駅に到着《とうちゃく》する寸前では、もうここで降りて走った方が早いんじゃないかとバカなことまで考えていた。

そんな咲太の気分など関係なく、電車は定刻に鎌倉駅に到着した。

ドアの前で待ち構えて、一番最初にホームへ降りる。足早にお土産屋さんの脇《わき》を通《とお》り抜《ぬ》けて、咲太は改札を出た。

待ち合わせ場所は駅の西口。改札を出て右方向にある、旧駅舎の時計台がある広場だ。広場とは言っても広さは控《ひか》えめなので、待ち合わせの相手がいれば、ぱっと見でわかる。

今のところ麻衣《まい》の姿はない。

それもそのはずで、約束の時間よりも二十分は早かった。広場のシンボルである時計は、三時三十九分を示している。その針に向けて、「早く四時になれ」と念を送った。だが、針は正確に時を刻み続けるだけだ。

ようやく五分が経過したころで、

「咲太《さくた》」

と、後ろから声をかけられた。

反射的に振《ふ》り返《かえ》る。

「じっと時計を見て……そんなに待ち遠しかったの？」

私服姿の麻衣が、靴《くつ》の踵《かかと》を鳴らしながら咲太の目の前で立ち止まった。少しラフな首回りのふんわりした秋のニットに、膝丈《ひざたけ》のスカートを合わせている。足元はブーツだ。

薄《う》っすらとメイクをしていて、いつもよりちょっとだけ綺麗《きれい》に見えた。髪《かみ》はゆるく束ねて、おしゃれな三つ編みに。一応、変装のためなのだろう。ふちの大きな伊達《だて》眼鏡をかけている。

「……」

麻衣の姿に思わず見惚《みと》れてしまう。

「黙《だま》ってないで何か言いなさい」

「僕《ぼく》、前にデートはミニスカ生足がいいって言ったよね？」

「やり直し」

「ちょっとやばいくらいにかわいいです」

今日の麻衣《まい》は、誰《だれ》がどう見てもそれとわかるデート仕様だ。

「僕のためにがんばってくれてうれしいなあ」

「これは……」

麻衣がわずかに視線を逸《そ》らす。

「このあとデートだって言ったら、ヘアメイクさんが張り切っちゃって」

本当はここまでする気はなかったのだと麻衣が付け足す。

「ふーん」

「なによ」

「別にー」

「あ、それより咲太《さくた》」

思い出したように麻衣がまとっている空気を変えてきた。声のトーンはだいぶ低く落ちている。瞳《ひとみ》からは先ほどまでの気恥《きは》ずかしさが消えていた。

「なんですか？」

なんとなく心当たりはあったが、咲太は素知らぬ顔でそう聞いた。

「私に何か言うことはない？」

「今日も超美人です」

「……」

麻衣が無言でほっぺたをつねってくる。しかも、結構強く。

「いたい、いたい！」

大げさに騒《さわ》ぐと、麻衣は手を離《はな》してくれた。その代わりに、バッグの中から一冊の週刊誌を取り出す。その冒頭《ぼうとう》のページを開いて、咲太の顔の前に突《つ》きつけてきた。

「これ、どういうこと？」

口元には微笑《びしょう》を湛《たた》えているが目はまったく笑っていない。

「なんのことでしょうか」

しらばっくれようと思ったら、今度は足を踏《ふ》まれた。

「麻衣さん、踵《かかと》はやめて」

これはまじで痛い。

「じゃあ、見なさい」

「はい」

言われるまま、週刊誌に目を向ける。本当は見なくてもそこに何が載《の》っているのかを咲太は知っていた。先日発売されたその週刊誌の記事にはもう目を通してある。

大きな文字で打たれた見出しには、『桜島麻衣《さくらじままい》、初スキャンダル!?』とある。要は、咲太《さくた》と麻衣に関する記事だ。

そこには、ふたりで登下校している咲太と麻衣の姿や、マンション前で手を振《ふ》って別れる姿などが映し出されている。

中でも、一番大きく掲載《けいさい》されていたのは、海をバックにしたふたりのロングショット。連続写真になっていて、まるで麻衣が咲太に勢いよく飛びつき、押《お》し倒《たお》し、頬《ほお》にキスをしたかのように記事上では取り上げられていた。

「それ、躓《つまず》いた豊浜《とよはま》を支えようとしただけですって」

当事者だからこそ、連続写真の途中《とちゅう》が上手に省かれているのがわかる。いいところだけを繋《つな》げて、それっぽくでっち上げられているのだ。恐《おそ》るべき情報操作。

あの日は、CMの撮《と》り直《なお》し日《び》だったので、それを聞きつけた芸能記者が取材に来ていて、あの場面に遭遇《そうぐう》したのだろう。高性能なデジカメで撮影《さつえい》された写真は画質がいい。

「それで?」

相変わらず、麻衣の目は笑っていない。

「それだけです」

「したの?」

すかさず麻衣が被《かぶ》せてくる。話を終わりにしようとしたがダメだった。

「……」

「キスはしたの？」

やけにはっきりとした口調。曖昧《あいまい》にする気はなさそうだ。

「ちょっと触《ふ》れただけです」

素直に白状する。

「……」

無言の圧力が超こわい。

「ほんと事故ですって！」

「事故ならいいとか思ってるんだ」

露骨に麻衣がイラッとした顔をする。背筋がぞっとした。確かに、事故だろうとダメなものはダメだ。

「すみませんでした」

潔く頭を下げる。

「反省してる？」

「してます」

「信用できない」

「してますって」

咲太《さくた》は顔を上げて、必死に訴《うった》えかける。

「なら、それ相応の誠意を見せなさい」

「どうすればいいですか？」

「自分で考えろ」

ぷいっと麻衣《まい》がそっぽを向いてしまう。それでも、ちらっと咲太を見てくる目は、何かを期待していた。

咲太は軽く身を屈《かが》めると、

「どうぞ」

と、声をかけた。

「なによ、それ」

「いや、麻衣さんもほっぺたにチューしたいのかと思って」

「……」

冷たい眼差し。どうも選択《せんたく》を間違《まちが》えたらしい。

「えーと」

「変なこと言ったら、帰るから」

酷《ひど》い脅迫《きょうはく》だ。

「好きです」

「……」

この程度では許してもらえないらしい。

「すげえ好きです」

「……」

まだ麻衣のお許しは出ない。

「麻衣さんが彼女で、僕《ぼく》はすげえ幸せです。世界で一番幸せです」

目を見てそう告げると、麻衣の口元がわずかに緩《ゆる》んだ。

「当然じゃない」

まだ怒《おこ》った感じは残っていたが、うれしさも表情には滲《にじ》んでいる。

「麻衣さんは？」

「ん？」

「麻衣さんはどうなのかなあと思って」

ダメ元で咲太はそう促《うなが》した。これまで、麻衣の口から直接的な言葉を聞かされたことは殆《ほとん》どない。事実、麻衣の目は、「そんな誘導《ゆうどう》には引っかからないわよ」と語っていた。

「色々、ご褒美《ほうび》くれる約束だったと思うんだけどなあ」

めげずに咲太が食い下がると、麻衣はひとつため息を落とした。けど、表情は呆《あき》れているのとはどこか違《ちが》う。何かを思いついたような間が一瞬《いっしゅん》だけあった。

「あのね、咲太《さくた》」

「なんですか？」

真っ直ぐに目が合う。麻衣《まい》の瞳《ひとみ》が微《かす》かに笑っていた。

「たぶん、咲太が思っているより、私、咲太のこと好きよ」

「……」

何を言われたのか、咲太は即座に理解できなかった。ぽかんと口が開いてしまう。予想以上の結果を得られたのか、麻衣は「変な顔」と言って声を上げて笑っていた。

「いや、僕《ぼく》の方が好きですって」

「はいはい、そういうことにしておいてあげる。ほら、行くわよ」

自然と咲太の手を取って麻衣が歩き出す。

「隣《となり》でへらへらしないの」

早速、叱《しか》られてしまった。

「麻衣さんもにこにこしてるじゃん」

「その方が咲太うれしいでしょ？」

余裕《よゆう》の笑み。こうでなければ麻衣じゃない。

「うれしすぎるから、明日もデートしたいなあ」

「雑誌の撮影《さつえい》あるからダメ」

「えー、また仕事ぉ？」

「だから、明後日ね」

楽しい会話をしながら、ふたりの姿は多くの商店が軒《のき》を連ねる小町通《こまちどお》りに紛《まぎ》れていく。平日でも多くの観光客やカップルで賑《にぎ》わう人気のスポット。

訪れた人たちはみんな楽しそうにお土産を探したり、食べ歩きをしていた。たくさんの笑顔が溢《あふ》れていた。

咲太と麻衣もそうした笑顔のひとつになっていた。

終章

秋が連れてきた

一時期は騒《さわ》がしかった咲太《さくた》と麻衣《まい》の周囲も、大々的に報じられたあの会見以降は、急速に落ち着きを取《と》り戻《もど》していっていた。

初々しかった麻衣の反応は、世間から好印象で迎《むか》えられ、『彼女の恋を見守ろう』という空気を世の中に植《う》え付《つ》けていたのだ。

おかげで、数日後には麻衣も学校に戻ってきて、咲太と登下校を一緒《いっしょ》にすることもあった。

それでも、完全に騒ぎが収まったわけではない。今もネット上には、咲太と麻衣を捉《とら》えた写真が、つぶやき系SNSなどに新しくアップされることはある。

ただ、そうしたアカウントは、それを見た人たちの強い反感を買い、袋叩《ふくろだた》きにあって、早々にアカウント放棄《ほうき》にまで追い込まれているようだった。

十月も二週目になると、世間は新しい別のスキャンダルに食いつき、咲太の日常はすっかりもとに戻っていた。

学校では中間試験の日程が発表され、バイト先のファミレスでは秋を感じさせる季節のメニューが追加されている。起こるべき出来事が、予定通りに起こる平穏《へいおん》な日々。

変わった出来事と言えば、土曜日の夜に、麻衣からお誘《さそ》いの電話をもらったことくらい。

——明日、うちに来て

と、用件だけをさらっと言われた。明日とは十二日の日曜日だ。麻衣も仕事はないと言っていた。

合鍵《あいかぎ》を返してしまった今、麻衣の家に上がらせてもらえるのは貴重なイベントだ。しかも、のどかは実家に帰ったのでもういない。

つまり、はじめて麻衣の家でふたりきりになれる機会を咲太は得たのだ。

浮《う》かれるなという方が無理な話だった。

一応、新しいパンツにはき替《か》えてから咲太は出かけた。麻衣に指定された午後二時にインターフォンを鳴らす。

オートロックの扉《とびら》を開けてもらい、エレベーターで九階へ。その角部屋の前に来ると、咲太は再びインターフォンを鳴らした。

ぱたぱたと玄関に近づいてくる人の気配がある。

「いらっしゃい」

挨拶《あいさつ》の声と同時にドアは開いた。

「は？」

思わず、間の抜《ぬ》けた声が出る。玄関から顔を出したのは麻衣ではなかったからだ。

咲太の目の前にいるのは、見覚えのある金髪《きんぱつ》の少女。名前だって知っている。彼女が駆《か》け出《だ》しのアイドルだということも咲太は知っていた。

「なんで、豊浜《とよはま》がいる？」

浮《う》かれていた気分が一気にしぼんでしまう。

「お姉ちゃんからなんも聞いてない？」

首のところが大きく開いたTシャツのずれを、のどかがしゃべりながら直す。下はショートパンツというラフなスタイルで、自慢《じまん》の金髪《きんぱつ》はシュシュでゆるめにまとめていた。

目元ぱっちりのメイクも今はだいぶ抑《おさ》え目で、どこからどう見ても、室内仕様にしか見えない。

「僕《ぼく》は何も聞いてない」

「あ、そ。ま、いいや。入れば？」

まるで自分の家のように、のどかが咲太《さくた》を招き入れる。咲太としては、ちっともよくなかったが玄関の外で立《た》ち尽《つ》くしていても仕方がないので素直に従《したが》った。

靴《くつ》を脱《ぬ》いで部屋に上がる。リビングに繋《つな》がる廊下《ろうか》を視界に収めたところで、嫌《いや》な予感は確信に変わった。

大きな段ボール箱が積まれていたのだ。その数は二桁《ふたけた》に迫《せま》る勢いで、一番上の開封《かいふう》された箱からは、麻衣《まい》が着るには少々派手なデザインの洋服が顔を覗《のぞ》かせている。

のどかはその脇《わき》で立ち止まると、

「じゃあ、これ、全部あっちの部屋に運んで」

と、段ボール箱をぽんと軽く叩《たた》いた。

その視線は、隣《となり》の洋室を捉《とら》えている。麻衣が殆《ほとん》ど使っていなかった事実上の空き部屋だ。

「ここに住むのか？」

状況《じょうきょう》からして、もはやそれしか考えられない。

「ほんとに、お姉ちゃんから聞いてないんだ。お姉ちゃーん！」

リビングの方へのどかが呼びかける。

「こっち、手伝いなさい」

和室から麻衣の声だけが聞こえてきた。かと思ったら、掛布団《かけぶとん》を両手で抱《かか》えた麻衣が姿を見せる。いや、実際は姿が見えない。大きな掛布団が邪魔《じゃま》をして、咲太の方から顔が見えないのだ。麻衣は麻衣で、前方が見えていないらしく、その足取りは危なっかしい。

咲太は麻衣に近づくと、抱えていたふかふかの掛布団を受け取った。

「あ、咲太。ありがと。そっちの部屋に運んで」

のどかと同じく、麻衣も空いている洋室を示す。

「はいはい」

言われるままに、咲太は殆ど空っぽの部屋に掛布団を運び込んだ。唯一《ゆいいつ》置かれていた真新しいベッドの上に下ろす。

振《ふ》り返《かえ》ると、麻衣とのどかがドア口に立って咲太の働きぶりを眺《なが》めていた。

「麻衣さん、これ、どういうこと？」

「見れば、わかるでしょ」

「豊浜《とよはま》もここに住む」

渋々《しぶしぶ》、咲太《さくた》は気づいていた事実を言葉にした。

「そ」

とても短い麻衣《まい》の返事。

「お母さんと仲直りしたんじゃないのかよ？」

今度の質問はのどかにぶつけた。

少なくとも、体の入《い》れ替《か》わりが終わったあの日に、のどかは自分の家に帰った。終電間際になっていたが、早く帰ってお母さんと話をしたいからと急いで帰ったのだ。

後日、麻衣からは、「ちゃんと仲直りできたみたい」と聞かされている。と言うか、二日前にそんな話をしたばかりだった。

それがどうしてこうなっているのだろうか。納得のいく説明がほしい。

「お母さんの気持ちはわかったし……自分でちゃんと決めてやっていくって話もしたんだけど……」

ばつが悪そうにのどかは視線を逸《そ》らす。

「けど、なんだよ」

「人間、そんなすぐに変われるかっつーの」

開き直ったのどかが、ふてくされた顔を向けてきた。

「つまり、仲直りしたばっかりのくせに、またケンカしたのかよ」

「だって、お母さん、あれやれ、これやれ、あれやった、これやったのって干渉《かんしょう》してきて、ウザかったんだもん」

「……だもんじゃねえよ」

いい感じに話がまとまったと思ったのにこの始末だ。

だが、のどかの言っていることもわからないではなかった。麻衣を含《ふく》めてこじれていたふたりの関係が、たった一度の仲直りで劇的に改善される方が嘘《うそ》くさい。

今日まで何年にも渡《わた》って積み上げてきた関係なのだ。

体に染み付いたお互《たが》いへの関わり方を簡単に変えられるはずがない。それ相応の時間がかかって当然だった。

「お姉ちゃんに相談したら、『だったら、しばらくうちに住む？』って言ってくれたの」

途中《とちゅう》、麻衣の口調を真似して、のどかは上機嫌《じょうきげん》に笑っている。

「レッスンスタジオに通うのは少し遠くなるけど、学校までは距離《きょり》も殆《ほとん》ど変らないからね」

麻衣が聞いてもいない補足《ほそく》説明をしてくれた。

要するに、これはのどかを母親離《ばな》れさせるための荒療治《あらりょうじ》であり、のどかのお母さんを子離れさせるための荒療治でもある……というわけだ。

仲直りをしても、干渉《かんしょう》することをやめられないのであれば、物理的に距離《きょり》を離《はな》してしまった方がいい。麻衣《まい》自身も、母親との不仲が理由で一人暮らしをはじめていたので、色々と思うところもあったのかもしれない。

「昨日、のどかの家には行って、ちゃんと説得はしてきたし、挨拶《あいさつ》もしてあるから心配しないで」

そんな心配は一切していない。咲太《さくた》がしているのは別の心配だ。

「えー」

全部を理解した上で、咲太は不満の声を上げた。

「はあ?」

すかさずのどかがイラついた反応する。

「同居人がいたら、麻衣さんとイチャイチャできないじゃん」

「いい気味」

勝《か》ち誇《ほこ》った笑みを浮《う》かべて、のどかが麻衣に抱《だ》きついた。

「ちょ、ちょっと、のどか」

顔を胸に埋《う》めている。麻衣はくすぐったそうだ。ちらりと振《ふ》り向《む》いたのどかの目は、「いいだろ」と咲太を挑発《ちょうはつ》してくる。

「僕《ぼく》だってそれくらいできるっての」

そう言って、咲太も抱きつこうとしたのだが、

「こっちくんな」

と、のどかの蹴《け》りが飛んできた。とっさに咲太は両手で受け止める。

「きゃっ、ば、バカ！　足さわんな！」

暴れたのどかの足が、咲太のみぞおちを捉《とら》えた。腹を押《お》さえて蹲《うずくま》る。

「お前な……」

苦しんでいる咲太を鼻で笑いながら、のどかはさらに強く麻衣に抱きついていた。

「姉離れもしろよ、このシスコンアイドル」

「はあ？　シスコンじゃないし」

「そういうことは自分の姿を鏡で見てから言え」

麻衣の腰《こし》に両手を回して、のどかはコアラのようにしがみついているのだ。

「鏡ないし」

「じゃあ、見なくていいから、とにかく僕の麻衣さんから離れろ」

「あたしのお姉ちゃんだっつーの」

「こら、仲良くできないならふたりとも追い出すわよ」

「……」

「……」

麻衣《まい》に言われて、ふたり同時に顔を背《そむ》ける。

「ケンカしないで、さっさと荷物を片付けなさい」

「えー」

「はーい」

咲太《さくた》の不満とのどかの返事が重なる。当然のように、のどかは鋭《するど》い視線を咲太に突《つ》き刺《さ》してきた。対抗《たいこう》意識が勢いよく燃えている。燃え盛っている。

人生とは、ままならないものだ。

ようやく思春期症候群《しょうこうぐん》が解決し、デート禁止令の呪縛《じゅばく》からも解放されたというのに、厄介《やっかい》な邪魔者《じゃまもの》が現れた。

本当に人生とはままならない。

そう痛感した秋の日だった。


引《ひ》っ越《こ》しの手伝い自体は、大きな荷物もなかったので、三十分も経たないうちにあっさり終わった。そのあとは、麻衣の要望に応えて、リビングの家具の移動を行った。この機会に模様《もよう》替《が》えをしたかったらしい。

小さかったダイニングテーブルも、のどかとの生活に合わせて、少しサイズの大きなものに変わっていた。今まで使っていたものは、部屋の隅《すみ》で花瓶《かびん》を置くための台として活用されている。

部屋の掃除《そうじ》も含《ふく》めて、模様替えの方も一時間程度で片付いた。

淹《い》れてもらった紅茶を飲み、時計の針が四時を示すのをぼんやりと眺《なが》める。その後ろでは、麻衣がキッチンに立って、炊飯器《すいはんき》のお釜《かま》にお米を入れていた。

振《ふ》り返《かえ》った拍子《ひょうし》に目が合うと、

「夕飯、食べてく？」

と、短く聞いてくる。

「すげえ食べて帰りたいですけど、かえでが待ってるんで」

「そう言うと思った」

麻衣はすでにふたり分のお米をしゃかしゃかと研《と》いでいる。本当に、単に聞くだけ聞いてくれたのだ。水を張って炊飯器へのセットが完了する。

それを見届けたところで、

「じゃあ、帰ります」

と言って、咲太はソファから立ち上がった。

その咲太を、麻衣が玄関まで見送りに来てくれる。

「今日はありがとね」

「今度は邪魔者がいないときに会いたいなあ」

「はいはい」

手を振《ふ》って、玄関先で別れた。

ひとり寂《さび》しく咲太《さくた》がエレベーターを待っていると、後ろからきらきらした気配が追いかけてきた。その気配は、何も告げずに咲太の隣《となり》で立ち止まる。

「……」

横目に映すと、予想通りのどかが立っていた。

「……」

咲太に用事があるのだろうが、しばらく待っても何も言ってこない。エレベーターのランプをじっと見上げているだけだ。

無言のまま、迎《むか》えにやって来たエレベーターにふたりで乗り込んだ。そして、やはり無言のまま、エレベーターは一階に到着《とうちゃく》してしまう。

咲太から用事はないので、気にせずにマンションの外へ出た。すぐ目の前にあるのが、咲太の住んでいるマンションだ。道幅《みちはば》一本分の帰り道。

それを向こう側に渡《わた》り終《お》えたところで、

「無視して、帰んな」

と、不機嫌《ふきげん》な声に呼び止められた。

「なんだよ」

返事をしながら振り返る。

道路の反対側にいたのどかは、咲太と視線を合わせようとはしない。自分のTシャツの裾《すそ》を摑《つか》んで、なんだかもじもじしていた。

「トイレか？」

「んなわけあるか！」

それはそうだろう。そうだったら、ひとりで勝手に行けばいい。特別な癖《へき》でもない限り、帰ろうとする咲太を呼び止めるタイミングではない。

「なら、なんですか？」

投げやりにそう質問する。

「この姿に戻《もど》ってから、咲太とふたりで話をすんのって、はじめてじゃん……」

相変わらず、のどかはあらぬ方向を見ている。自慢《じまん》の金髪《きんぱつ》をくるくると指に巻《ま》いて、どうにも落ち着きがない。

「ま、ずっと麻衣《まい》さんの姿だったしな」

「だから、なんか……照れるっていうか」

「そうか？」

「な、なんで、わかんないんだよ」

不当な苛立《いらだ》ちをのどかがぶつけてきた。

「んなこと言われても、僕《ぼく》の心はとても落ち着いてるしな」

「……」

恨《うら》めしそうなのどかの視線。それは、気恥《きは》ずかしさの分だけ、上目遣《うわめづか》いになっていた。気の強そうな外見とはミスマッチで、ちょっと面白い。

「それで、用件は？」

今の話をするために、わざわざ追いかけてきたわけではないだろう。呼び止めたわけでもないはずだ。

「お姉ちゃんがちゃんと言えって言うから」

真っ先に出てきたのは、ふてくされた感じの言い訳だった。

「んで？」

「その……」

のどかがまた視線を逸《そ》らす。そして、逸らしたままで、

「ありがと」

と、言ってきた。

「引《ひ》っ越《こ》しの荷物運ぶくらい別に」

「今日のことだけじゃなくて……色々、迷惑《めいわく》かけたし、助けてくれたじゃん」

「気にすんな、あれくらい」

「気にするっつーの」

「だから、気にすんなっつーの」

「……」

「なんか、ちょっとだけわかった気がする」

「は？」

「なんで、お姉ちゃんが咲太《さくた》を選んだのか」

「それは詳《くわ》しく聞かせてほしいな」

「言うか、バカ！　そ、それと、わかったって言っても、あたしはなんとも思ってないから勘《かん》違《ちが》いすんなよ！」

別に何も言ってないのに、のどかは顔を赤くしながら力強く否定してきた。

「ほんと違うから」

今度は真顔だ。まったくもって忙《いそが》しい。

「わかった。勘違いしなきゃいいんだな」

「……」

要求は聞き入れたのに、どういうわけかのどかは依然《いぜん》として不機嫌《ふきげん》をぶつけてきている。むくれた顔で咲太を睨《にら》んでいた。一体、どうしろと言うのだろうか。

「……ちょっとくらいはしてもいいけど」

「は？」

「な、なんでもない！　こっち見んな！」

「まじでなんなんだ、お前……」

「自分で考えろ！」

　のどかはくるっと後ろを向くと、「だって、これこそ、お姉ちゃんに勝てっこないじゃん」

とか、ぶつぶつ言っていた。

「なんだって？」

「さっさと帰れって言ったんだよ！」

　一度振《ふ》り向《む》いたのどかが、べ～っと子供っぽく舌を出す。ぷりぷりした足取りで、マンションの中へと戻《もど》っていった。

「お前が呼び止めたんだろ……」

　すでに見えなくなってしまったのどかの背中に、咲太《さくた》の言い分は届かない。今度会ったときにでも文句を言ってやろう。どうせ、これからは麻衣《まい》の家にいるのだ。この場所で、ばったり会うことだってきっとある。チャンスはいくらだって訪れる。

「あいつ、今度は姉離《ばな》れをさせないとダメそうだな」

　そう独り言を口にすると、回れ右をして咲太も家に帰ることにした。

一階の郵便受けを確認する。入っていたのはピザ屋のチラシと寿司屋のチラシ。あとは、見慣れないクリアブルーの封筒《ふうとう》。横開きのやつ。

「ん？」

その封筒は、口の部分が糊付《のりづ》けされていなかった。折り曲げただけになっている。消印も押《お》されていなければ、切手も貼《は》られていない。郵便番号もなければ、そもそも住所も書かれていなかった。

その表面には、

――咲太君へ

と宛名《あてな》があるだけ。

丸みを帯びた女子の字。

「……」

奇妙《きみよう》に思いながら、咲太は中の手紙を取り出した。紙が一枚だけ……。二つ折りになっていた。

それを、ゆっくりと開く。

書かれていたのは、短いメッセージ。

目を通した瞬間《しゆんかん》、咲太の表情は深い疑問に支配された。

手紙には、

——明日、七里《しちり》ケ《が》浜《はま》の海で会えないかな　翔子《しょうこ》さんより

と、記されていたのだった。

あとがき

本書は『青春ブタ野郎』シリーズの第四巻です。

第一巻は『青春ブタ野郎はバニーガール先輩《せんぱい》の夢を見ない』、第二巻は『青春ブタ野郎はプチデビル後輩《こうはい》の夢を見ない』、第三巻は『青春ブタ野郎はロジカルウィッチの夢を見ない』というタイトルになっておりますので、本書から興味をお持ちになった方がいらっしゃいましたら、そちらも一緒《いっしょ》にお手に取っていただけたら幸いです。

一巻だと思い、お手に取られた方……ごめんなさい。

皆《みな》さんも、罠《わな》にはまりそうになっている人を見かけましたら、「バニーガール先輩が一巻ですよ！」と教えてあげてください。よろしくお願いします。

さて、話は変わって、めでたいニュースをひとつ。

恐《おそ》らく、帯などで告知されていると思いますが、本作のコミカライズが決定しました。しましたー！

そして、その詳細《しょうさい》は！　……実は、あとがきを書いている今の時点では、殆《ほとん》ど聞いておりません！

この本が書店に並ぶ頃《ころ》には、編集部の方々のお力で、色々と決まっているのではないかと思います。すでに帯には最新の情報も載《の》っているかもしれませんね。

なにはともあれ、五巻と合わせて、楽しみにお待ちいただけたらうれしく思います。

本書の刊行にあたり、イラスト担当の溝口《みぞぐち》ケージさん、担当編集の荒木《あらき》さんにはご尽力《じんりょく》いただき、大変感謝しております。引き続き、よろしくお願いいたします。

また最後までお付き合いいただきました読者の皆様方には厚く御礼申し上げます。

次巻は秋……になるかと思います。では、またその頃に。

鴨志田《かもしだ》一《はじめ》

◉鴨志田　一著作リスト

「神無き世界の英雄伝」（電撃文庫）
「神無き世界の英雄伝②」（同）
「神無き世界の英雄伝③」（同）
「Ｋａｇｕｙａ　～月のウサギの銀の箱舟～」（同）
「Ｋａｇｕｙａ２　～月のウサギの銀の箱舟～」（同）
「Ｋａｇｕｙａ３　～月のウサギの銀の箱舟～」（同）
「Ｋａｇｕｙａ４　～月のウサギの銀の箱舟～」（同）

「Ｋａｇｕｙａ５　～月のウサギの銀の箱舟～」（同）
「さくら荘のペットな彼女」（同）
「さくら荘のペットな彼女２」（同）
「さくら荘のペットな彼女３」（同）
「さくら荘のペットな彼女４」（同）
「さくら荘のペットな彼女５」（同）
「さくら荘のペットな彼女5.5」（同）
「さくら荘のペットな彼女６」（同）
「さくら荘のペットな彼女７」（同）
「さくら荘のペットな彼女7.5」（同）
「さくら荘のペットな彼女８」（同）
「さくら荘のペットな彼女９」（同）
「さくら荘のペットな彼女10」（同）
「さくら荘のペットな彼女10.5」（同）
「青春ブタ野郎はバニーガール先輩の夢を見ない」（同）
「青春ブタ野郎はプチデビル後輩の夢を見ない」（同）
「青春ブタ野郎はロジカルウィッチの夢を見ない」（同）
「青春ブタ野郎はシスコンアイドルの夢を見ない」（同）

本書に対するご意見、ご感想をお寄せください。

電撃文庫公式ホームページ 読者アンケートフォーム
http://dengekibunko.jp/
※メニューの「読者アンケート」よりお進みください。

ファンレターあて先
〒102-8584　東京都千代田区富士見1-8-19
アスキー・メディアワークス電撃文庫編集部
「鴨志田 一先生」係
「溝口ケージ先生」係

本書は書き下ろしです。

電撃文庫

青春《せいしゅん》ブタ野郎《やろう》はシスコンアイドルの夢《ゆめ》を見《み》ない

鴨志田 一《かもしだはじめ》

発 行　2015年5月9日　初版発行
2019年3月15日　15版発行

発行者　郡司 聡
発行所　株式会社KADOKAWA
〒102-8177　東京都千代田区富士見2-13-3
プロデュース　アスキー・メディアワークス
〒102-8584　東京都千代田区富士見1-8-19
03-5216-8399（編集）
03-3238-1854（営業）
装丁者　荻窪裕司 (META＋MANIERA)
印刷・製本　旭印刷株式会社

ISBN978-4-04-865135-6　C0193　Printed in Japan

電撃文庫　http://dengekibunko.jp/
株式会社 KADOKAWA　http://www.kadokawa.co.jp/

電撃文庫創刊に際して

文庫は、我が国にとどまらず、世界の書籍の流れのなかで〝小さな巨人〟としての地位を築いてきた。古今東西の名著を、廉価で手に入りやすい形で提供してきたからこそ、人は文庫を自分の師として、また青春の想い出として、語りついできたのである。

その源を、文化的にはドイツのレクラム文庫に求めるにせよ、規模の上でイギリスのペンギンブックスに求めるにせよ、いま文庫は知識人の層の多様化に従って、ますますその意義を大きくしていると言ってよい。

文庫出版の意味するものは、激動の現代のみならず将来にわたって、大きくなることはあっても、小さくなることはないだろう。

「電撃文庫」は、そのように多様化した対象に応え、歴史に耐えうる作品を収録するのはもちろん、新しい世紀を迎えるにあたって、既成の枠をこえる新鮮で強烈なアイ・オープナーたりたい。

その特異さ故に、この存在は、かつて文庫がはじめて出版世界に登場したときと、同じ戸惑いを読書人に与えるかもしれない。

しかし、〈Changing Times,Changing Publishing〉時代は変わって、出版も変わる。時を重ねるなかで、精神の糧として、心の一隅を占めるものとして、次なる文化の担い手の若者たちに確かな評価を得られると信じて、ここに「電撃文庫」を出版する。

1993年6月10日
角川歴彦

電撃文庫

青春ブタ野郎はバニーガール先輩の夢を見ない

鴨志田 一
イラスト／溝口ケージ

図書館で捕獲した野生のバニーガールは、高校の上級生にして活動休止中の人気タレント桜島麻衣先輩でした。海と空に囲まれた町で、僕と彼女の恋にまつわる物語が始まる。

か-14-22 2721

青春ブタ野郎はプチデビル後輩の夢を見ない

鴨志田 一
イラスト／溝口ケージ

麻衣さんと恋人同士になった翌日。朝起きたら、付き合う前に戻っていた！　青春のバカ野郎！　原因を探す咲太の前に、尻を蹴り合った仲の後輩・朋絵が現れて⁉

か-14-23 2788

青春ブタ野郎はロジカルウィッチの夢を見ない

鴨志田 一
イラスト／溝口ケージ

初恋の翔子と同じ名前、同じ顔の女子中学生の登場に焦る咲太。そんな咲太にまたも思春期症候群が忍び寄る。え、理央が二人いるだって⁉　シリーズ第3弾！

か-14-24 2871

青春ブタ野郎はシスコンアイドルの夢を見ない

鴨志田 一
イラスト／溝口ケージ

麻衣さんの中身が別人に！　入れ替わっていたのは麻衣さんの妹にして新人アイドルののどかで⁉　「お姉ちゃんの体をエロい目で見んな！」なシリーズ第4弾！

か-14-25 2936

閃光少女　名もなき光のアイリ

中村 一
イラスト／ちーこ

異常気象と大不況により、電力すら貴重な世界で少年が出会ったのは〝光〟を生み出す少女だった――。胸躍るエレクトリカル・アドベンチャー・ストーリー！

な-14-6 2932